Fanny Abramovich

ENTRE LINHAS
ADOLESCÊNCIA

Espelho, espelho meu

Ilustrações: Vivian Altman

Conforme a nova ortografia

14ª edição

Atual Editora

Série Entre Linhas

Gerente editorial • Rogério Gastaldo
Editora-assistente • Solange Mingorance
Revisão • Pedro Cunha Jr. (coord.) / Pedro Borges

Gerente de arte • Nair de Medeiros Barbosa
Supervisão de arte • Marco Aurélio Sismotto
Diagramação • Edsel Moreira Guimarães
Projeto gráfico de capa e miolo • Homem de Melo & Troia Design

Coordenação eletrônica • Silvia Regina E. Almeida
Suplemento de leitura • Maria Tereza Arruda Campos
Projeto de trabalho interdisciplinar – guia do professor • Maria Sylvia Corrêa
Produtor gráfico • Rogério Strelciuc
Impressão e acabamento • **Digital Page gráfica e editora**

Dados Internacionais de Catalogação na Publicação (CIP)
(Câmara Brasileira do Livro, SP, Brasil)

Abramovich, Fanny
Espelho, espelho meu / Fanny Abramovich; ilustrações / Vivian Altman. – 14ª ed. – São Paulo: Atual, 2009. - (Entre Linhas: Adolescência)
Inclui roteiro de leitura.
ISBN 978-85-357-0877-6
ISBN 978-85-357-0878-3 (professor)

1. Literatura infantojuvenil I. Altman, Vivian II. Título III. Série

08-11083 CDD-028.5

Índices para catálogo sistemático:

1. Literatura infantil 028.5
2. Literatura infantojuvenil 028.5

SARAIVA S. A. Livreiros Editores

R. Henrique Schaumann, 270 – Pinheiros
05413-010 – São Paulo – SP

SAC | 0800-0117875
De 2ª a 6ª, das 8h30 às 19h30
www.editorasaraiva.com.br/contato

14ª edição/3ª tiragem
2015

816646.014.003

Para Raquel Namo Cury,
que sempre me enternece

Apresentação

A história deste livro...
os começos do *Espelho, espelho meu...*

A primeira história deste livro, *Débora, na flor da idade*, nasceu em 1988 para ser publicada pela editora Brasiliense, na coleção "Preto no Branco". Livros curtos, com 30 páginas, cara de apostila. Muito do que imaginei para Débora foi cortado, decepado. Não cabia nas tais 30 páginas...

Meu primeiro texto para jovens... Vivi e senti um imenso espanto. Não sabia que sabia escrever ficção... De repente, um novo e fascinante caminho!!!

A coleção acabou, liberados os textos. Levei o *Espelho* para a editora Atual. Aprovado, com uma exigência. Ser maior, juntando vários contos. Pensei, listei, busquei ideias. Demorou, apareceu Malu. Na gangorra das duas, Débora teve que mudar. Malu, também. Alterei, gostei.

Re-escrevi, agilizei, ritmei. Tirei tempos verbais compostos, frases enroladas. Repontuei. Gostei de remexer. Me senti viva, inquieta, mudando de gosto, de posição. Alterando meu texto. Re-escrevendo! Foi bom!!!

Espelho, espelho meu está mudando de coleção outra vez. Nesta mudança, muitas acontecências com novo foco. No jeito de escrever, de sublinhar, de clarear, de falar... Continuando o sarro, o riso, as queixas e reclamações. Novas lentes no visual. Aconteceu o encontro certeiro. Dos personagens com Vivian Altman. Modelando as duas com massinha, corporificou as aflições com humor, inteligência, altas sacadas, soluções inovadoras e deliciantes.

Aconteceu o re-encontro da escritora e professora Fanny com sua ex-aluna Vivian Altman, quando ela tinha uns 8-9 anos. Foi deliciante! Estourando de orgulho e sorrindo de contenteza, anuncio a estreia de Vivian, artista conhecida e reconhecida como ilustradora de livros, parceirando no *Espelho*.

Uma nova edição bonita! Demorou, mas chegou a hora de ver o *Espelho, espelho meu* vaidoso, exibido, faceiro, orgulhoso da gostosura da sua história, de suas personagens, de seu texto, de suas ilustrações!!!

Sumário

Débora, na flor da idade

Pela 15ª vez naquela tarde, Débora se olha no espelho. Não, não tem jeito... Gordota, branquela de doer na vista, perna fina, fina. O busto? Só procurando com binóculos, de tão achatado e pequeno. Em compensação, está crescendo tanto que vai acabar ficando mais alta do que qualquer menino. Uma giganta, com braços curtos. Um verdadeiro horror!

Como se fosse pouco, ainda usa aparelho nos dentes, que a mãe jura que – no dia que tirar – vai ficar com a boca linda, perfeita. *Claro, ela nunca teve que esconder sorriso ou tapar os lábios. Pensa que sabe tudo, mas não sabe nada, não sabe o quanto a gente pode sofrer nesta vida tão injusta e tão desgraçada...*

Débora se olha de novo. Não, não tem jeito. Nem ajeitando a camiseta pra cair molenga pelas costas. Fica ainda pior... Disfarçando as pernas finas, com saia mais comprida do que Hare Krishna? *Não, pareço um espantalho... E se botar o camisão glorioso da Luciana? Não dá para acreditar. Mais sem graça do que enfermeira de plantão.*

A raiva vem vindo, subindo, subindo. *Uma frustração que nem dá para suportar. Da cintura pra cima pareço um bebê e para baixo, uma girafa. Quem é que vai me querer com esta aparência???*

Ninguém, claro. Vou acabar meus dias numa ilha deserta, sozinha, cercada por peixes e uma palmeira, que não se importam com nada e nem têm opinião sobre coisa nenhuma.

Desalentada, se joga no travesseiro amigo. *Se fosse bonita, atraente, charmosa, seria modelo, poderia aparecer na TV como tantas pessoas da minha idade. E fazendo sucesso! Dando entrevista, sendo beijada pelos artistas, conhecida, reconhecida e respeitada pelo que dissesse... Aí, minha foto nas revistas, grandona, colorida, fazendo propaganda de moda, de xampu... Mas lisa, lisa, branca e com as pernas tipo móveis-palito, iam é me convidar para mostrar as maravilhas duma tábua de passar roupa. Perfeita! Ou então, para demonstrar o sabor estonteante dum bolo ou dum sorvete, já que sou bem gorda para isso. Não, nem isso dava por causa do aparelho nos dentes. Um sorriso de ferro, anunciando as delícias que chegam pela boca... Horror, horror, horror! Não sei por que não uso armadura duma vez. Seria fantástico! Ninguém me via e eu via todos.*

Tá, tá legal, sua chata, senhora minha mãe. Vou na padaria comprar presunto e leite. Não precisa suplicar. Mas também parece que só eu existo nesta casa pra fazer todos os serviços. Os outros, no bem-bom! A escrava já está quase pronta. Não precisa ter mais nenhum chilique. Nem gritar para eu não esquecer de trazer os pãezinhos. Não sou surda. Só tô dando um jeito no cabelo.

Na rua, passando com seu andar mais ensaiado, não viu ninguém reparando nela. Assobio? Uma gracinha, mesmo das mais sem graça? Não ouviu... Ah, daria a vida para ouvir alguém cantarolar como se ela fosse a *Garota de Ipanema*, aquela que "Olha que coisa mais linda, mais cheia de graça, é ela menina que ri e que passa, seu doce balanço a caminho do mar...".

Cadê aquele olhar de cobiça que lançam para a Silvana, para a Luciana e até praquela míope da Vera? Praquela menina que faz propaganda de sutiã na TV??? Todo mundo olha, e ela, fingida, faz de conta que tá com vergonha. Será que sou um traste sem solução?

Tá. Já que não sou moça pra ninguém, vou usar uniforme, lancheira, me pentear de maria-chiquinha, como se estivesse indo pro jardim de infância. Pronto!

Cheguei! Tá tudo aí, direitinho. Encomenda completa. O troco também. Por favor, parem com tantos agradecimentos... Agora, se esta ingrata família me der licença, estou indo pro banheiro. Obrigada pela gentileza e compreensão.

Trancada no banheiro, Débora se aproxima do espelhinho do armário. *Não adianta adiar. Tenho que saber a quantas andam estas espinhas. Santa Maria! Tem mais!!! Não acredito... Bem que gostaria de fazer plástica, daquelas completas, para tirar todas duma vez, uma por uma. E fim. Rosto limpo, liso, pele brilhante. Meu tio, todo papudo, falou com voz de ponto final que não existe plástica para espinhas. Será? Será que não vai aparecer no* Fantástico *alguma experiência nova, que dá certo e que qualquer garota pode fazer? E sem autorização da família?*

Minha mãe, aquela bruxa, que não me compreende mesmo, quer tirar espinha por espinha, espremendo uma por uma. Pensa que não desconfio das intenções dela. Deixar o meu rosto todo marcado e para sempre. Só por cima do meu cadáver. Bem que poderia tentar uma nova limpada com os mil cremes cheirosos dos mil potinhos que ela tem e nem usa... Quem sabe dá certo? Passo devagarinho pelo rosto. Não, primeiro lavo bem lavado, enxugo com toalha, limpo com algodão e o creme nutritivo. Tipo massagem, como aquela mulher faz na televisão. Maior atenção e total concentração. De baixo para cima, ponto por ponto. Pronto. Esperar e ver o que acontece... Ai, Virgem Maria, me ajude a vencer esta provação. Não pequei tanto assim para ter tantas espinhas...

Hora de uma chuveirada gostosa. Delícia sentir a água caindo morna e forte. Bom demais! Sabonete perfumado deslizando pelo corpo todo, xampu legal e cheiroso, tudo como convém... Enxugar de levinho. Se esta toalha fosse mais felpuda e mais comprida, seria melhor. Que miséria! Passar desodorante lentamente. Ah, preciso comprar um da mesma marca que a Mônica está usando. É simplesmente bárbaro!

Coragem! Olhar no espelhão e dar uma conferida geral, ainda nua. O sol pegou legal, quase que não ficou nenhuma marca. A cor até que não está ruim. Mas este pneu *na barriga é indecente.*

Nunca vi nada mais feio, mais horripilante. Se pudesse, fazia lipoaspiração, mesmo que digam que é perigoso... Perigoso é este pneu! *Dava tudo para ter um corpo igual ao da Cristina. Lisinho, lisinho. Eu com esta banha nojenta caindo pra frente, pros lados... Mais um pouco, posso substituir o Jô Soares ou ser a Rainha Moma. Ganho qualquer concurso de Miss Barriguda. Municipal ou Universal. Não, não tem papo. Amanhã marco consulta no médico.*

E esta bunda, meu Deus? Ah, queria que fosse média. Nem pequena, nem grande, nem estreita, nem larga... É pedir muito? Média. Pra poder usar roupa um pouquinho mais justa, shortinho ou tanga, sem ser um escândalo... Estas pernas finas e compridas, não têm solução. Só cobrindo inteirinhas no estilo múmia. Nem um único pedacinho aparecendo.

Pra falar a verdade, os ombros e o pescoço até que não são tão feios assim. Quem sabe usando umas blusas que escorreguem de leve fico mais charmosa? Vou pedir pra Mônica aquela camiseta divina, que nela ficou um pavor mesmo. Ponho com um cinto incrementado, bem apertado pra cintura ficar bem marcada... Transo um novo visual. Ombros de fora, cintura bem fina. Será que com este novo look, *no sábado, algum rapaz vai se declarar e dizer que sempre procurou alguém como eu? Assim como eu? Por toda a sua vida?*

Ah, preciso me lembrar de amanhã fazer um treinamento caprichado pra pôr o biquíni novo, do jeito que a Luciana ensinou. Nem é tão complicado assim. Só ter paciência e ir amarrando devagarinho cada alça e cada nó. Ai, que vida! Nem santa deve ter padecido tanto assim...

Pode deixar que eu atendo o telefone. Alô! Luciana? Tudo legal? Se quero ir no show *do clube? Não dá. Não tenho nenhuma roupa decente. Meu armário é um atestado de pobreza. Nem adianta insistir. Só penso na festa da Cristina. Não tenho cabeça pra mais nada. Acho que vai ser bárbara! Parece que ela convidou uns carinhas superincríveis! Mal posso esperar... Tchau, outra hora a gente se fala.*

Tô sabendo, tô sabendo. Hoje é terça-feira, tenho aula de dança. Já estou indo. Não precisa ficar me apressando como se fosse a última chamada pra pegar a Arca de Noé. Nem garoando está... E não precisa ficar com essa cara de motorista de plantão, porque vou com a Vera. Está tudo combinado: ida e volta. Olhaí, está tocando a campainha. Deve ser ela.

A amiga entra torcendo seu cabelo fininho e tentando acertar os óculos no nariz. O *body* de *lycra* amarelíssimo encurtava suas pernas e alargava ainda mais os seus quadris. Catástrofe absoluta! Só pela roupa, as cores, o tênis imundo e o cabelo desenxabido já dava pra sacar que estava na pior.

Saíram correndo. De mau humor. Mal se falando. Na academia dançaram, suaram, se cansaram, pularam, se soltaram. Aí Vera falou: "É, hoje até que foi gostoso. Semana passada foi um saco. Quase que não voltava mais. Agora dou mais uma chance". Débora, suada, suspirava: "Daria tudo, tudo mesmo, para ter um corpo igual ao dessa professora, a Monique".

E sonhava, com os olhos fechados. *Será que na festa, quando estiver dançando, me sentirei nas nuvens e todos os olhares estarão em mim e no meu par? Aumentarão a roda, para nós dois dançarmos sozinhos, no centro? Ninguém se atreverá a dar um passo, a respirar mais alto, de tão deslumbrados com a nossa leveza e agilidade? E seremos aplaudidos, quando a música terminar? Sinto que tudo de importante na minha vida vai acontecer neste sábado...*

Saíram rindo, fofocando. Vera pensando em fazer musculação, tiro e queda para aumentar muitos centímetros e para endurecer a bunda e as coxas. Recomendação geral.

Estavam nessas considerações quando Vera saiu na maior correria pela rua, entrando e saindo de tudo quanto era edifício por onde passavam, tocando as campainhas das casas, mostrando a língua pra todo mundo e resolvendo apostar corrida. Empataram. Sentaram exaustas, rindo como alucinadas e contentíssimas da vida.

– Quê? Se quero ir ao cinema agora? No Regência? Você ficou louca, Vera? Lá não deixam entrar menor de 14 anos nem com carta assinada pelo ministro. Não vou! Odeio tudo e todos naquele cinema. Gentinha...

Afobada, contente, Débora entrou em casa. A família toda concentradíssima, em silêncio sagrado, assistia à TV. Tentou chamar a atenção. Riu, bateu palmas, pulou... Ninguém se mexeu. A raiva foi subindo, subindo, explodiu. "Ninguém quer me ouvir? Tenho uma história simplesmente incrível para contar..."

O pai pediu tempo, o irmão nem tirou os olhos de suas apostilas. Enfureceu, bateu a porta com toda a força. Foi pro seu quarto se sentindo um zero, um ninguém. Se trancou, deu a volta na chave. Tchau.

Se jogou na cama, enxugou as lágrimas, ajeitou o travesseiro. Olhou seus pôsteres incríveis. Escolhidos um a um. Os mais lindos gatos deste mundo! Suspirou fundo antes de dar um beijo na boca da foto do supersurfista... Sonhando com os dias de amor e de louca paixão que viverão assim que se conhecerem, ouviu o telefone tocar.

– Mônica? Ai, que maravilha... Tinha mesmo que falar com você. Milhões de coisas pra contar. Tá, tá legal, dou um tempo. Vá, conte primeiro. O quê??? O cabeleireiro que alisou o seu cabelo fez um estrago geral??? Não acredito. Que azar. É, talvez cortando curtinho e deixando crescer de novo, vai que não cresce tão encaracolado. Veja antes a fase da lua! Ah, assim também é demais. Aquele sapato, que ficamos horas namorando, não existe no seu número? Pro seu tamanho, só em loja de criança? Tá, desculpe estar rindo. É que é engraçado... Você tem razão. Isso não é coisa que amiga fale. Sabe, eu só corto o cabelo com o Carlinhos. Quem saca de beleza só corta lá. Não vou ficar fora da moda, deixando me arrebentarem, indo no salão da Dorinha. Tenha dó. Isso é coisa de gente brega. Bom ter tocado no assunto. Tenho que marcar hora pro sábado. Preciso ficar completamente irresistível, pra chegar com tudo na festa da Cristina. Quero fazer uma entrada triunfal, daquelas de estrela de novela. Fulminante! Sinto que vai ser uma noite decisiva na minha vida...

O papo continuou por horas... Enroscada na cama, se acomodando na almofada e no travesseiro, se esticando, se encolhendo, relaxando, se olhando no espelho, conferindo a cor das pernas e a graça dos ombros recém-descobertos, acariciando os cabelos, ouvia, ria, sussurrava, gritava... Tanta coisa importante pra falar, pra escutar, pra compartilhar. Os pais estavam totalmente distantes, como se morassem em outra casa. Mônica, baixinha, sofrendo com a sua perna grossa, com seu pavor de ficar gorda como um barril de cerveja, fazendo ginástica e natação adoidado, era agora o centro do mundo, a pessoa com quem podia dividir seus medos e descobertas, suas vontades e espantos.

Incrível como num papo por telefone a gente se descontraía, perdia o medo de dizer bobagens, falava coisas tão lá de dentro, tão de verdade, até as bem escondidas... Como se estando longe ficasse mais perto, mais próxima. Gozado.

Será que não vou parar de crescer nunca? Nunquinha? Nem quero me medir, para não cair dura com essa desnecessária informação. Falta pouco pra árvore da esquina me pedir para dar sombra para ela. Metade do mundo bate no meu ombro. A outra, no meu nariz. Se continuar assim, os rapazes vão ter que ficar na ponta dos pés para falar comigo. Todos com enormes pescoços, com torcicolos e roucos para a voz chegar lá no alto. Desgraça. De uma coisa tenho certeza. Nunca vou usar salto alto, sandália plataforma, nem bota de cano alto. Pela vida inteira andarei com tênis, sapatilhas, sandálias rasteirinhas ou descalça. Talvez o meu destino seja ser bombeira. Dispenso a escada Magirus.

De manhã, claro, escola. Saco supremo. Ouvir besteiras que não interessam pra ninguém e fingir que presta atenção. Copiar a sabedoria dos professores, porque senão está perdida nas provas. Aula interessante, só a de Inglês. O professor é demais! Lindo, divertido, o máximo! Se ele me convidasse pra sair, desmaiava de pura emoção. Estou muito mais apaixonada por ele do que pelo substituto de Geografia, o Carlos Augusto, no semestre passado. Acho que agora é definitivo.

Intervalo. Ai, bem na hora. Escovar o cabelo antes de qualquer coisa, senão alguém me convida pra estrelar um filme de terror. Imagine, vir para a escola sem escova, espelho e batom na bolsa. Vá lá, esquecer algum caderno ou livro. Bonitezas, jamais...

Maravilha, aula de História. Posso aproveitar e pôr o meu diário em dia. Não tive um minuto de tempo ontem e tenho milhões de coisas importantíssimas para anotar. A foto do gato que toca bateria naquela nova banda de rock *já trouxe recortada. Agora, só dar uma coladinha caprichada. Uma página só para ele. Merece! Será que a noite de sábado será aquela em que me apaixonarei? Que colocarei no meu diário, a data sublinhada, um desenho vermelhíssimo dum coração flechado e a frase: Dia do encontro com o amor!?*

Intervalo. Escovadelas again*, claro. E conversar com a turma. Parece que combinamos. Estamos com roupa do mesmo estilo. Cores e feitios da moda. Lindas! Luciana só pôs de diferente uma pulseira, bárbara. Ganhou da vizinha. Faz de conta que acredito... Mônica arrumou um colarzinho fantástico. De tarde vou com ela comprar um igual. Não posso viver mais um dia sem um assim. E o cinto de Vera é divino! Legal a gente ter gosto tão parecido para roupas, pros acessórios, pro jeito de arrumar o cabelo. Acho que somos tão amigas porque somos iguaizinhas. Ou quase... Pelo menos no que importa.*

Aula de Português. Gosto da Dona Cláudia. Gente finíssima. No começo, achava uma chata. Depois, começou a me dar dicas de livros, de poesias, que parecem que falam de mim, da minha vida. Legal. Converso com ela sobre quase tudo que me incomoda, que não estou sacando, que me confunde. Seria maravilhoso se ela é que fosse minha mãe. É a única adulta sincera deste mundo e a única que me compreende. Verdadeiramente.

Intervalo. Ajeitar o cabelo enquanto a turma fala sobre o último domingo. E o programa de TV, aquele que meu pai via quando era pequeno e está reprisando agora, é mesmo ridículo. Como é que pode gostar daquilo? Supermalfeito e a maior cafonice. É, aquele cantor que apareceu no programa da Band é uma glória! Sabe cantar, dançar e olhar! O carinha tem pique. Vai pegar. Já tem torcida. Nós e todas as pessoas sensíveis e de bom gosto que assistiram.

Prova de Matemática. Estou suando até agora. Nunca me senti tão mal. Não sabia nada. Nada de nada. Vou ser reprovada. Batata! Nem quero pensar nas consequências. A bruxa da minha mãe já anunciou todos os castigos do mundo. Rezar forte pra ir pra recuperação.

Hora de ir embora. Amém. Na escadaria da escola, maior arrepio! Aquela turma de garotos do colegial tá olhando pra gente! Direto. O que fazer? Silvana sorri, nunca vi ninguém mais oferecida. E se for gozação deles? Luciana fica mostrando para todos que está menstruada, que "está de Chico", se fazendo de nervosinha, colocando o agasalho dum jeito que esconde o absorvente, dando todas as dicas para mostrar que já é mulher. Mônica finge que tropeça. Vera deixa cair todos os cadernos e livros no chão. Não para chamar a atenção, tadinha. De destrambelhada mesmo que é... Será que eles vão na festa no sábado??? Ai, tomara! Seria a perfeição, o paraíso, o sonho acordada. Dançar com eles, quem sabe namoricar um pouco? E beijar de verdade! De língua. Afinal, já são homens! Me arrepio todinha só de imaginar...

Saímos, nós cinco, rindo, cabelos penteados, roupa super-híper-mega-bláster andando dum jeito bem provocativo, como a Silvana ensinou... Será que gamaram?

•

Olho e não me conformo. Tenho a mesma testa larga e o mesmo queixo erguido, pontudo, da mamãe. Herança maldita. Não poderia ter os seios grandes, pontudos, bonitos, como os dela? Ou os olhos azuis, que são o que ela tem de melhorzinho? Mil vezes ser mais parecida com o papai. Ter os traços do Dr. Luís. Por que não puxei sua cor morena, seus dentes branquíssimos e retíssimos, suas covinhas, sua testa bem-feita, seu queixo redondo? Injustiça. Por que a gente não tem direito de escolher o que quer ter igual, o que até pode ser no mesmo estilo ou que não quer ser repeteco justo da parte mais feia da mãe ou do pai? Por que filho nunca é consultado? Não é nada democrático...

Pode deixar que eu atendo. Alô! Quem é? Sérgio? Claro, sou eu. Peraí que vou pegar a extensão lá no meu quarto, assim a gente conversa melhor.

Correu o quanto pôde, trancou a porta com a chave, deitou na cama. Sérgio era seu melhor amigo. Incrível como era legal quando estava longe daquela turma de meninos chatos e exibidos, que se juntam só para encher a paciência das garotas. Sozinho, era diferente. Falava da família, da escola, dos artistas, dos conhecidos, do mundo em geral. Se interessava por tudo. Trocava opiniões sobre todos.

Conversaram pelo telefone um tempão, Débora enrodilhando, puxando as pernas para todos os lados e posições, abrindo os braços, fazendo cafuné nos próprios cabelos. Relaxando inteirinha, de repente na maior tensão ou impaciência. Ficava ofegante, depois respirava tranquila... A voz também ia mudando. Falava baixinho, quase sussurrando, contava segredos. Suspirava fundo, gargalhava alto, endurecia o tom e exigia respostas de modo seco. Soltava o riso quando diziam coisas de duplo sentido e enrubescia inteirinha... *Quase como se estivessem dançando juntos. Uma sensação boa, gostosa. Parecia aquelas cenas de filmes antigos onde os artistas dançavam agarradinhos, rostos colados, mãos se tocando, olho no olho, perto, perto, perto... Ai! será que transar também é assim???*

Combinaram de se ver, talvez no sábado, na festa da Cristina. Se ele pudesse ir. Jurar não jurava. Tinha acertado com a turma ver a final do campeonato de futebol de salão. Quem sabe daria pra ir nos dois? Dependia do resultado do jogo, do ânimo do pessoal. *Ai que aflição. Com o Sérgio é sempre assim. Nunca se sabe. Sempre pode ser, depende, talvez, vamos ver... Fazer figa pra ele aparecer.*

•

De tarde, toda a turma em casa. Convite feito há uns três dias. Chegou primeiro a Silvana, lindíssima, vestida de branco. É bem morena e, com aquela pele, o branco fica divino! Foi entrando e bufando, porque este ano o que se vê em todas as vitrines é preto ou marrom, e essas cores ela não pode usar nunca, nunquinha. Estava se sentindo pra lá de desgraçada, fora de moda, expulsa do mundo. Como se fosse pouco, só se viam calças justíssimas e ela, com aquela bunda enorme, nem queria pensar nas piadinhas que ouviria pelas ruas se saísse nesse figurino. Não conseguiu comprar nada para vestir na festa. Cores e larguras proibitivas. Um sufoco! Gemia por não encontrar solução para tantos problemas...

Mesa posta, com toalha e tudo. Bolo, sorvete, refrigerante... Até pastel apareceu. E enquanto uma garfada de bolo descia, umedecendo a garganta com sabor de chocolate e baunilha, falavam, fofocavam. Trocavam olhares cúmplices e soltavam grandes risadas quando alguém dizia palavras ou frases de duplo sentido. Tão bom ser entendida! Na verdade e na malícia.

Horas na cozinha, nessas de comer, falar e rir. E de pensar na festa! Quem estaria, como estaria, que chances teria? Quem olharia quem primeiro, quem convidaria quem para dançar? Débora sonhava em voz alta, rodopiando com Sérgio pelo salão. Silvana contava como ia seduzir o divino e inatingível Paulão, que acabaria caindo louco de amor em seus braços... Ai, quantos dias faltam para sábado chegar???

Quando levantaram da mesa, voaram pro espelho. Medição geral no corpo. Tinham pavor de engordar, de ficar imensas e disformes como baleias. E depois de tanta comida... No auge da depressão, todas juravam começar uma dieta no dia seguinte. Juramento solene. Talvez experimentar o tal regime da tia da Mônica. Tipo faquir. Infalível. E, Santa Maria, mais espinhas... Claro, com todo aquele chocolate... Dieta de qualquer tipo, mas que proíba chocolate, todas se prometiam fazer.

Débora, depois que as amigas se foram, chamou a mãe às falas. Porcaria de lanche. Não fez nada do que tinha prometido e combinado. Parecia sopa de pobres que a igreja faz de vez em quando. Um vexame. Ainda bem que a Vera era bem-educada e nem comentou nada. Mas deu pra ver o ar de desprezo que fez. Pudera, o lanche na casa dela, na semana passada, parecia encomendado em bufê. Gente fina é outra coisa e não passa estas vergonhas que eu vivo passando.

Tarde da noite, Débora levantou-se da cama choramingando de tanta infelicidade e pediu pra mãe uma fatia daquele delicioso bolo de chocolate. Foram para a cozinha, tomaram leite, beliscaram e cortaram enormes pedaços de bolo, riram e conversaram tão gostosamente como o sabor do chocolate escorrendo pelos dedos e pelos lábios das duas.

Já era quase de noitinha, depois de muito corre-corre pela aula de Inglês, passada na casa da Vera, treinamento de ginástica olímpica, comprinhas na papelaria e mil outros compromissos urgentes e exaustivos, quando Débora chegou em casa.

Foi direto para a estante. Estava a fim de saber melhor, saber mais, saber direito sobre o crescimento do busto. Folheou os fascículos encadernados, leu concentradíssima os verbetes da enciclopédia, pegou as apostilas de anatomia do Mário, seu irmão que fazia cursinho, mergulhou de cabeça nos livros de medicina do pai, entrou em vários sites da internet... Viu fotografias horrorosas, nojentas. Segurou o mal-estar. Queria respostas pras perguntas que não saíam da sua cabeça. Quanto um busto poderia crescer? Quando começava a ficar firme, volumoso? Até que idade ele crescia? Como é que tomava forma, ficava bonito e atraente? E o bico do seio?

Queria saber sobre a menstruação. Luciana, depois que menstruou, disse que sua cabeça ficou diferente, mudou. E agora o papo dela com a mãe era melhor, como se fossem iguais, sem criancice. Via que estava crescendo por fora e também se sentia mais realizada por dentro. Que se sentir mulher era uma maravilha! Será mesmo assim? Pra todas? Do mesmo jeito? Não, não deve ser...

O fascículo diz que qualquer garota, depois que menstruou pela primeira vez, tem um ciclo irregular. Que é sempre assim no começo. Às vezes pula alguns meses, às vezes vem duas vezes no mesmo mês. Demora para normalizar, para ter o dia certo, em cada mês, para chegar. Ai, que loucura! Como saber quando é o tal dia? Como se preparar para não fazer uma poça de sangue bem no meio da rua ou dentro duma piscina?

Lia e ia ficando com novas dúvidas... *Se eu pudesse perguntar pro Mário. Mas não adianta. Ele vai fazer cara de adulto, tirar o maior sarro da minha ignorância. Grande coisa, estar no cursinho... Até parece que sabe tudo sobre todas as verdades do mundo. Não, não adianta nem tentar com aquela besta convencida.*

Putz! A menstruação pode ir até os 50 anos? Sangrando todo mês? Como é que uma coitada duma mulher pode aguentar tudo isso, por tantos séculos??? Ah, diz que a cólica só começa bem mais tarde. E a tal TPM (Tensão Pré-Menstrual) também. Quando ovula... Como será isso? Peraí: primeiro aparece o peito, depois os pelos pubianos e só depois é que se menstrua. Com todas nós, mulheres. Será? Os livros dizem que sim... Tenho que telefonar pra Luciana e contar direitinho o que descobri e tudo o que não entendi...

Sentada no chão, pegou no telefone... Por horas, conversou com Luciana. Pernas esticadas, depois encolhidas, cruzadas, joelho no queixo, deitada no tapete com a cabeça apoiada no travesseiro... Tanta pergunta, tanta resposta, tanta incerteza. Tanto assunto, tanta mudança de assunto. Tanta fofoca, novidade, tanta coisa para pôr em dia...

Luciana, que é toda média – de tamanho, de peso, de proporções –, em vez de agradecer por tudo isso, se achava pra lá de sem graça

porque era sardenta e tinha a cintura grossa. Inventava problemas, a sortuda. Já menstruada, tratada como moça pela mãe e toda preocupada com cremes e pomadas para tirar as sardas... Conhecia todos, já tinha experimentado todos, cozinhava ervas e passava, se esfregava com tudo que via pela frente... Louca. Débora, com a voz compreensiva, tentava convencê-la a parar com aquilo. Não adiantava. Parecia obsessão... Tentava mudar de assunto, voltava. Não era sarda, era sarna!!!

A voz ficou brava do lado de lá, ofendida... Ameaças de ficar de mal. Aí, o Ricardo, aquele carinha bárbaro do curso de Inglês, entrou no papo. Suspiros, só de imaginar ele pertinho, quem sabe pegando na mão, olhando bem no fundo dos olhos e dizendo com a melhor pronúncia: "I love you"... Ricardo, Ricardinho, Ricardão do meu coração. Será que ele vai na festa da Cristina? Se for, desmaio... Se não for, desmaio também... Nunca senti nada parecido por nenhum rapaz.

A conversa ia rolando gostosa quando a chatíssima senhora minha mãe engrossou, dizendo que precisava do telefone. Aprontou um show *completo. Berrou que ia pagar uma fortuna de conta, que se alguém tivesse morrido na rua, teriam que ligar pro vizinho, porque a linha da nossa casa estava ocupada há horas. Que também precisava do telefone. Engraçadinha... Por que não usa o do escritório? Tá lá à disposição dela o dia inteirinho. Com mil ramais. Pra ela usar o tempo que quiser, sem ter que dividir com mais ninguém. Não chega?*

Arre!!! Desligo, tá legal. Beijos, Luciana. Amanhã a gente se fala.

Será que a Luciana também está caidinha pelo Ricardo? Sei não... Se estiver, vai ser um sufoco. Ela não se abre muito sobre os carinhas que ama. Não é como eu. Mas eu vi o Ricardo primeiro e declarei para todas, em voz altíssima, que ele tinha feito a minha cabeça e enchido o meu coração. Agora, assunto encerrado. Falei antes. E é bom a Luciana não vir inventando coisas para cima dos homens da minha vida. Na festa, farei de tudo *para ficar com ele. Juro e em inglês:* I swear!

•

Débora se sentou no colo do pai. Maior chamego. Deu beijocas em seu queixo redondo, em sua covinha, no seu rosto lisinho de tão bem barbeado. Luís a olhou ternamente e acariciou seus cabelos. Sorriram. De repente, ela levantou o rosto, mas deixou os olhos fixados no chão. O pai riu e perguntou o que queria desta vez. Débora ficou vermelha. Pega em flagrante. Gaguejou que tinha ido supermal na prova de Matemática. Perigava até ser reprovada. Estava desesperada, sem saber o que fazer, sem coragem pra contar pra mãe, pensando em mudar de escola ou desistir de estudar de vez e ir trabalhar... O pai deu uma caçoada de leve no tom dramático da filha. Antes de soluções tão desesperadas e definitivas, que tal umas aulas particulares? Talvez, com algum amigo simpático do irmão? Ele iria providenciar. Tudo bem, falaria também com a mãe. Não era tão terrível assim, ir mal em uma matéria. Todo mundo, algum dia, passou por alguma dificuldade na escola. No 1º ano ou no 3º colegial. Por conta de um tema, das exigências da série, do professor. Questão de saber o que não estava entendendo, por que não estava se interessando e encarar. E nada de ser reprovada. Estudar muito e passar de ano. Combinado? Débora, aliviada, só dizia: "Te adoro, Dr. Luís. Ninguém, neste mundo, tem um pai como o meu". E o atacou com novas beijocas.

Como é que pode? Como é que as pessoas dizem tantas besteiras? E sem ficar vermelhas... O papudo do meu tio e a desmemoriada da minha tia disseram que eu estou linda. Cegos, os dois. Que estou na flor da idade. Só se for na dos espinhos. Se essa é a idade mais bonita e mais florida, não quero mais crescer. É insuportável aguentar tudo isso que passo, que sofro, que me desespera e que parece não ter fim... imagine, então, quando chegarem os anos menos bonitos, os do "maracujá de gaveta". Sai pra lá...

Vera? Oi! Estava pensando em você. Em como é feliz, por ser filha única. Não tem que aguentar, como eu, um irmão puxa-saco. O Mário anda todo derretido com a mamãe. Não se largam. Vivem aos cochichos no maior tititi todas as madrugadas. Portas fechadas. Só os dois. Parecem namorados. Falta de vergonha na cara. Ela faz aquele baita teatro fingindo que tem dores horríveis nas costas. Parece que ele acredita, porque para tudo para fazer massagens na madame. Pra isso não está ocupado nem preocupado com seu sagrado vestibular. Se eu peço alguma coisinha, ele berra. Pra ela, a voz mais doce do mundo. Pra passear, caminhar, andar de bicicleta, ela vive chamando o seu queridinho. Eu, nunca, nunquinha. Nem disfarça. Pra ele, tudo. Pra mim, o pesado, as obrigações. Um festival de injustiças.

•

Bem, antes de ir dormir, dar uma olhada muito da bem dada em mim. Ai, não sei o que faço com estes pelos na perna. Minha mãe acha bonitinho, diz que, como sou clarinha, parecem uma penugem dourada... Eu, hein?! Já passei água oxigenada misturada com aquele pó que cheira forte como amoníaco para ficar quase invisível... Ainda está bem visível. Evidente. A Cristina depila com cera, na cabeleireira da mãe dela. Diz que dói horrores! Mas acho que qualquer sacrifício para ficar bonita vale! Eu queria mesmo era raspar com o aparelho de barbear do meu pai. Já vi um montão de gente fazer isso. Fica bárbaro! Perna lisa e não dói. E um aparelho que deixa a cara do meu pai lisinha e linda, tão gostosa de beijar e tudo, deve funcionar muitíssimo bem para mim também.

Maravilha! Os pelinhos pubianos estão aumentando. Cada dia, vejo outros mais. Todos encaracoladinhos. É, tô precisando ir numa manicure. Um desastre estas unhas roídas. Amanhã, vou exigir. Afinal, já tenho idade. E se fizerem cara feia, pago com o dinheiro da minha mesada. Essa, enfrento com toda a coragem.

Não aguento meu rosto. É tão feio! Não sei mais o que fazer. Estas sobrancelhas tão grossas, tão escuras... Parece que os olhos ficam menores, o nariz enorme. Se tirasse? Minha mãe tem uma pinça. Pego e experimento. Ai!!! Como dói... Credo, estou até chorando, e não é de emoção ou de tristeza. É de dor mesmo. Coragem, mais umas vezes só. Deixa ver. Não! Ficou ainda pior. Fiquei desbotada, irmã da Branca de Neve, estilo fantasmal. Agora, tô chorando é de raiva, e daquelas imensas. Ódio puro. Só pegando um lápis de cor e tentando desenhar de leve o que se foi. Vida desgraçada.

●

– Mônica! Oi! Só pra te dizer que tive uma conversa superdez com minha mãe. É, com ela mesma, Dona Malu. Fiz todas as perguntas que me sufocavam sobre a menstruação, sobre ser mulher. Ela explicou tudo, tudinho. Clarissimamente. Nem fiquei com vergonha de perguntar também o que me confundia. Ela encarou na maior. Deu a maior força, pra eu botar tudo para fora. Até explicou o que eu não falei com palavras, só com os olhos. Sobre transar, beijar, engravidar, ter um corpo de mulher. Sobre sexo. Foi ótimo! É, tem horas que dá pra contar com ela. Surpresas desta vida...

Compras com a minha mãe. Preciso de roupa pra festa da Cristina e mais umas coisinhas para todo dia. Tanto bati o pé que fomos numa butique nova, transadíssima. Todo mundo que é alguém compra lá. Na vitrine e pelos cabides, coisas lindas. De morrer!

Experimentei primeiro um vestido verde, igualzinho ao da Mônica. Fiquei com jeito de alface murcha... Depois, um franzido, chiquíssimo, igual ao que a balconista estava usando. Fiquei parecendo uma pata. Uma pata gorda. Tentei uma bermuda incrementada. Desastre total. Com estas pernas finas, fico igual à Olívia Palito. Ótima pro Popeye... Não adianta, nada me fica bem mesmo.

Queria muito uma saia que não deixasse aparecer tanto esta bundona. Acharam... Não deu certo. Trouxeram uma blusa pro meu busto ficar maior, como eu pedi. Ai, tão artificial, tão sem graça. Porcaria de loja. Não sei por que tanta badalação. Não tem nada que preste aqui. Vamos embora já. Não quero ver mais nada, nem a cara dessa moça debochada, nem a da minha mãe dando conselhos inúteis, que é a especialidade dela. Não pedi palpite pra ninguém... Sei muito bem o que quero!

Entramos em outra loja. Tinha uma camiseta até simpática, mas não me senti bem com ela. Está insistindo? Tá legal. Pode comprar, mas vou usar como pijama, pra dormir, e pronto. Na rua, nunca! Não, não tem jeito com este meu corpo sem forma, desproporcionado, braços curtinhos, pernas compridas, bunda para fora, seios para dentro. Só de jeans, *com camiseta bem folgada, para disfarçar tudo... De qualquer jeito pareço uma trouxa de lavanderia. Então, para que ficar com vontade de pôr roupas que são para as outras, pras bonitas, aquelas que já parecem mulheres... Vou usar só coisas confortáveis, que não marquem nada, não mostrem nenhuma parte do corpo. Assim, passo sem chamar nenhuma atenção e podendo fazer de tudo. Como me der na cabeça. À vontade. Pronto. Muito melhor.*

E não vou na festa da Cristina. Ir de jeans *não tem nada a ver. E ir com roupa que todo mundo já viu, prefiro morrer! Droga! Passo um século sonhando com uma festa divina, onde vou conhecer o herói da minha vida, o que vai me libertar de toda esta chatice miserável, e acabo não indo. Condenada a uma vidinha onde nada acontece... Não é justo, não é justo!*

●

– Pode deixar que eu atendo o telefone, papai. Sua clientela, Dr. Luís, quase não liga mais aqui pra casa. Vai ver que todos os bebês sararam ao mesmo tempo. Quer apostar que é pra mim? Alô! Silvana? Peraí. Ganhei outra vez, papai. Popularidade é comigo mesma... Pode falar, Silvana. O quê? Ir na piscina na casa daquela tua amiga grã-fina? Não, acho que não dá. O meu biquíni é ridículo, estou gordíssima, desbotei e fiquei mais branca do que um iogurte. Do natural. Vai ser um vexame completo. E ela tem dois irmãos mais velhos, não é? Deus me livre. Vão ficar olhando, debochando, reparando que não tenho busto e acabo me suicidando de vergonha. Deixa para outra vez. Claro que sei o que estou dizendo. É, tenho um programa melhor, gostou, metidinha? Tchau. Um beijo.

Vida de suplícios, esta minha. Fiz e faço de tudo para aumentar o meu busto. Aumentar? Que exagero... Se aparecessem mais uns míseros milímetros, seria ótimo! Rezo, por isso, todas as noites. Passei todos os cremes da mamãe, segui à risca receitas de revistas, encarei exercícios de todo o tipo. Continuo lisa. Quase lisa. Uma vez, pus dentro do sutiã limões, outra, laranjas. Tropecei, uma fruta escorregou, um peito ficou maior do que o outro, um cheio, outro vazio. Escorreguei de vergonha e me mandei. Sumi, desapareci. E nunca mais me meti com estas frutinhas nada confiáveis. Só para tomar suco, e olhe lá... Caprichando na quantidade de algodão e modelando como argila, fica bom. Problema é blusa decotada. Periga de qualquer um perceber a jogada com um lance certeiro do olhar. Maiô, então, nem pensar. Já vi muito algodão, muita esponjinha, nadando prum lado da piscina, enquanto a garota fingia curtir a água adoidado e só se arriscava a pôr o pé na escadinha quando não tinha mais ninguém por perto. Se desse azar, mergulhava até a noite chegar. Desmoralizada e resfriada... Tenho que comprar um sutiã com enchimento de espuma, igual ao da Luciana. É perfeito! Maior quebra-galho. Mas não me faz ter seios de verdade. Que é o que mais queria nesta vida. Quando conseguirei? Vou ter que esperar séculos para ter um corpo de mulher?

•

Sentou no chão e chorou, chorou, chorou. Nada tinha jeito nem solução. Esforço parece que não adiantava. Paciência, já estava quase no fim. Pegou o diário, escreveu mil coisas sobre tudo isso. Aliviou. Foi pra cozinha, fez um pudim seguindo a receita da avó. Ficou ótimo! Orgulhosamente, ofereceu pro irmão e pros amigos que estavam estudando com ele. Aplausos gerais. Contente, ligou a televisão. Horário dum programa que simplesmente adorava. Todos os rapazes falando como loucos e ao mesmo tempo. Parecia competição pra ver quem berrava mais alto. Foi ficando furiosa. Aumentou o volume da TV. A gritaria continuava. *Gente mais sem consideração. Dava vontade de matar. Um por um.* Aumentou mais o volume, a balbúrdia ficou insuportável. *Impossível curtir alguma coisa que se gosta nesta casa. Tá, tá legal. Desisto, desligo e me mando. Vou sair. Andar de bicicleta bem longe daqui.*

Deu de cara com a Mônica, que topou passear de bicicleta. Arranjou logo uma emprestada. Pedalaram um bocado. Maior gostosura! Experimentaram sem mão na direção, com um pé pra cima, mil jeitos... Riram adoidadas. De repente, viram uma pracinha bonita, com árvores, grama gostosa que nunca tinham reparado antes. Superperto e meio escondida. Descoberta a maravilha pra ser até secreta. Tipo lugar de encontro marcado, quando ninguém mais deveria saber aonde iam.

Tomaram um sorvete delicioso, olharam revistinhas na banca. Entraram numa loja de discos para saber das novidades e viram dois rapazes duns 15 anos, tipo "tudo de bom", que separavam CDs. Chegaram mais perto, ouviram o que diziam, deram cotoveladas e chutes nas canelas, sorriram, abaixaram os olhos e saíram correndo. Trombaram com um artista de TV e ficaram sem ar de tanta emoção. Mais bonito de perto do que na novela! Pediram autógrafo, ganharam também uma beijoca. Demais, demais!!!

Mônica foi jantar na casa da Débora e ficaram horas no quarto. Recortaram fotos novas de gente famosa, experimentaram uma maquiagem que tinha acabado de ser lançada, trocaram de roupa uma com a outra, transaram um jeito novo de pôr um cinto que ficou sensacional! Falaram e falaram. Sobre a escola, os garotos, as ingratidões, as incompreensões sem fim... Sobre os pais, que se recusavam a ver que já eram mocinhas e diziam com a maior cara-de-pau que gostavam mais delas quando eram o bebezinho do papai, o docinho da mamãe. Maior loucura! Quando o pai da amiga veio buscá-la, esperou um bom tempinho. Nem em cem anos iam conseguir dizer tudo que queriam uma pra outra.

Jesus, dai-me paciência! Pra aguentar a minha mãe, a Dona Malu. Vira e mexe, faz um discurso sobre como anda cansada. Até sentada. Deu pra ficar nervosinha, irritada a todo instante. Reclama pro coitado do meu pai, pro santo Dr. Luís, que sente palpitações, que as costas doem, que os ombros doem. Tudo dói. A Rainha do Mal-Estar. Pobrezinha. Está é gorda e duvido muito que esta dieta que está fazendo dê jeito. Anda tão chorona, tão sem graça, tão sofredora que às vezes parece que tem a minha idade. Toda hora pega comprimidos para dor de cabeça. Ela é quem me dá dor de cabeça. Não me engana. Doente, não está. Está é ficando velha.

Final de tarde. Bocejando de tédio, Débora foi pra rua. Logo encontrou um monte de conhecidas e ficaram numas de atazanar a vida de quem passava. Faziam caretas pra quem estava de costas, gritavam para assustar as criancinhas, falavam palavrões fingindo que conversavam em inglês. Uma farra! Apostaram corrida e Débora levou um baita tombo. Doeu, claro. Aproveitou para se fingir de manca e todos olhavam pra ela com a maior pena... Engraçadíssimo!

Voltou pra casa, pro seu quarto. Deu de cara com o espelho. Se viu toda suada, imunda, descabelada, blusa meio aberta, a barriga aparecendo branca e imensa...

– Ai, espelho, espelho meu. Existe alguém mais desengonçada do que eu?

– Ninguém! Em nenhuma parte deste imenso universo – respondeu o espelho com voz cavernosa e bruxesca.

Quis chorar. E chorou. Chorou muito, chorou com o corpo inteiro, porque achava que o espelho tinha razão.

Café-da-manhã. Débora sentou zangada, com a cara amarrada. O irmão tentou puxar assunto. Ela nem deu bola. Levantou os ombros, no maior desprezo, e declarou:

– Não adianta, não quero papo com ninguém nesta casa. E tem mais, vou avisando. Estou de greve. Por tempo indeterminado. Vou ficar sem tomar banho, sem escovar os dentes, usando roupa suja e amassada. Não penteio o cabelo nem troco de meia. Até que alguém desta família compreenda o quanto sofro e me dê uma migalha de carinho e afeto, que se dá a qualquer miserável na rua, a qualquer desconhecido. Mesmo que seja filha adotiva – e a cada dia tenho mais certeza de que sou – mereço um pouco de respeito humano. Até isso acontecer, continuarei suja. Sujíssima. Por fora e por dentro.

Mário levantou e trouxe um livro sobre os direitos dos trabalhadores e outro chamado *Como organizar greves*. Ficou com vontade de dar um murro no irmão, mas ele saiu de fininho.

A mãe a pegou pela mão e sentaram, as duas, no sofá. Mostrou álbuns de fotos da maternidade, chegando em casa em seus braços toda enrolada num cobertor, mil retratos de Débora ainda bebê. Brincando, tomando banho, engatinhando, tocando chocalho, mexendo as mãozinhas rechonchudas, apagando a velinha do 1º aniversário. Outras, dela mais crescidinha. Se olharam, sorriram. A mãe deu um abraço, puxou pro seu colo, acariciou seus cabelos e lhe deu beijinhos sem ter fim. Gostoso, gostoso... Enxugou suas lágrimas, penteou demoradamente o seu cabelo, ajeitou suas roupas. Saiu de casa de alma lavada. Aliás, toda lavada.

Mais tarde, telefonou para avisar que ia dormir na Mônica. Tinham muita coisa para estudar. E iam comprar roupas pra festa, numa loja bárbara, com a tia da amiga. Pessoa elegantíssima e superantenada em tudo.

●

Sábado chegou, finalmente. Começou a se preparar cedo para a festa. Saiu do banho cheirosa e ensaiando como andar de maneira atraente. Pôs a saia e a blusa que tinha comprado especialmente para aquela noite. Contente. No que foi ao espelho, quase desmaiou. Estava horrível! Impensável ir daquele jeito.

Tirou várias roupas do armário. Experimentou. Jogou na cadeira. Pendurou de novo. Recolocou uma que parecia melhorzinha, desta vez com um cinto. Olhou-se no espelho. Desastre completo. O cinto apertava, a barriga saltava, a saia ficava mais curta. Começou a chorar de raiva, de infelicidade, por não se conformar em ser tão feia, tão alta, tão barriguda e tão sem sal, sem pimenta...

Tirou tudo e jogou no chão. Chamou a mãe para avisar que não ia mais na festa, que prometia ser uma bela chateação. Nem estava aí por fazer papelão com suas amigas. Dava o bolo e pronto. Mas ir, não ia.

A mãe tentou encontrar outras roupas no armário. Só ouvia gritos de "Não!", "Essa não!", "Essa de jeito nenhum!". Trouxe bermudas, blusas e vestidos seus. De todas as cores e feitios. Depois de muita batalha, experimentação, troca-troca, dúvidas, desfile pela casa, conseguiu se aprontar. Até que estava engraçadinha. Rodopiou várias vezes. A roupa rodada girava em movimentos leves e bonitos.

Saiu contente, de braço dado com o pai. No carro, conversaram. Quando chegaram, na maior elegância, ele deu a volta e abriu a sua porta, segurou a sua mão e a acompanhou até a entrada da casa. Deu um beijo, desejou boa sorte. Tocou a campainha radiante.

Na casa da Cristina, de cara, viu as amigas. Beijos, risinhos, todas admirando as roupas, os penteados, os enfeites, umas das outras. Rodinha feita e muito cochicho. Comentários correndo soltos sobre as outras convidadas. Umas charmosas, elegantérrimas. Outras completamente crianças, usando até *short* e sandálias, cantando alto, falando bobagens, dum jeito irritante... Pintou a dúvida. Será que essa festa vai ser legal? Sei não, sei não...

Na mesa, muita comida. Finíssimo. Passava até garçom, servindo sanduíches, refrigerantes e salgadinhos. Uma garota, muito da esnobenta, olhava tudo com ar superior e achando uma criancice sem fim. A música, bárbara. Mixagens superproduzidas. Algumas meninas ensaiavam e testavam passos diferentes, outras só olhavam, muitas comiam como desvairadas, algumas conversavam baixinho... Algumas iam olhar os presentes ou dar uma sacada nos adultos bebendo na outra sala. Iam e voltavam em fila, correndo de mãos dadas e dando gritinhos abafados. Ridículo!

Luciana olhava pra porta, esperando ver o Ricardo, o garoto da aula de Inglês. Estava demorando... Vera e Silvana, na maior torcida e risadas altíssimas, esperavam a entrada dos meninos do colegial. Não disseram que vinham? Cadê, meu Deus? Débora rezava para que Sérgio não fosse ao jogo e chegasse logo, logo. Todas perguntavam à Cristina se os amigos do irmão dela, os que faziam cursinho, vinham ou não... E a turma do prédio? Ai, festa só de meninas é um saco!

Muitas meninas dançavam sozinhas e treinavam novos passos, quando chegaram uns garotos da vizinhança. Maior auê! Débora tremia. *Será que algum deles vai me convidar para dançar? Não tenho ritmo, tropeço, minha cintura é duríssima, não sei requebrar...* Estava uma pilha de nervos. Toda ansiedade e expectativa.

Mas dançou! Maior delícia! Olhar, se mexer, acompanhar o par, sentir a música, inventar passos, dar voltas, ficar de frente, de costas, de lado... Mesmo sem abraçar, sem ficar muito perto, só corpo acompanhando corpo, pés seguindo pés, quadris mexendo ao mesmo tempo, era bom demais! Dançou algumas vezes, até com Sérgio, quando ele chegou. Mas nada deslumbrante aconteceu.

Os rapazes ficaram pouco tempo. Uns tinham outra festa, outros iam ver vídeo, outros comeram, beberam e desapareceram. Os menores ficaram. Enchendo, rindo e parados feito uns pamonhas. Crianças. Que ódio. Menino não cresce igual menina. Demora muito, muito mais.

Silvana apareceu toda *vamp*. Tinha beijado na boca e de língua. Contou tudinho. Luciana tinha dançado na varanda, bem no escuro, com um gatão, o Alberto, e combinaram um encontro na porta da escola. Quê? Ricardo? Tinha esquecido que ele existia... As cinco amigas se esconderam no quarto da Cristina e falaram, cochicharam, riram, trocaram descobertas espantosas e decepções surpreendentes.

Débora sentiu uma pontada esquisita. Foi no banheiro. Olhou, se assustou, não acreditou. Estava sangrando... Quando percebeu e compreendeu direito o que estava acontecendo, só dizia: "Este é o dia mais feliz e mais importante da minha vida. Esta data nunca, nunquinha, vou esquecer. É isto que vou colocar no diário. Escrito em vermelho e com letras enormes. Menstruei pela primeira vez!!!". O coração batia forte, as mãos caminhavam pelo corpo inteirinho, querendo se certificar de que tudo acontecia com ela e nela.

Estava começando a ser – finalmente – mulher! Será que agora o sofrimento começaria a diminuir, a ser suportável? Será que crescer, a partir de agora, seria bom, gostoso? Será que o corpo ficaria bonito, atraente? Será? Será???

Malu, na meia-idade

Anoitecia. Exausta, Malu entrou em casa. Se jogou no sofá, tirou os sapatos apertados e as calorentas meias-calças. Esparramada, relaxou. Queria trocar de roupa, fez hora, adiou e espichada continuou. De repente, levantou e foi até o seu quarto. Entrou, tirou a saia e a blusa. Pegou uma bermuda velha e uma camiseta desbotada. A bermuda, simplesmente não abotoava. Tentou várias vezes. Segurou a respiração, encolheu a barriga, mas não adiantou. Definitivamente, não fechava. Irritada, pegou outra e recomeçou tudo. Furiosa, prendeu com um alfinete de gancho. Enfiou a larga e longa camiseta por cima, para disfarçar. Disfarçar a barriga, a gordura, disfarçar a esculhambação do alfinete de gancho, disfarçar o mal-estar, a raiva.

Se aproximou do espelho acovardada. Hesitante em se encarar. Não podia dar, de novo, uma olhadela rápida e desatenta, como fazia todas as manhãs. Olhou e se assustou. Se assustou com a barriga imensa, com a cintura grossa, com os seios não mais empinados, com a coluna entortada, com a celulite nas coxas, com a flacidez de seus músculos.

Não acredito, não acredito. Como é que me deixei ficar assim? Quando é que parei de prestar atenção em mim? Por que este corpo duma mulher velha, que ninguém mais nem repara nas ruas? Nem sei se pior são as minhas medidas vergonhosas ou este jeito desarrumado, este despenteado, estas roupas surradas, este desinteresse pela minha aparência, pela minha pessoa...

Tudo bem, já não sou nenhuma criança. Nem adolescente. Ao contrário, sou mãe de dois. Um jovem quase entrando na faculdade e uma mocinha cursando o primeiro grau. Também não sou nenhuma velha. Estou com 43 anos e dizem que é a idade do esplendor da mulher. Da maturidade, de quem sabe das coisas. Só rindo. No meu caso, deve ser piada. Esplendor? Estou é um traste. Um pesado, disforme e desengonçado saco de batatas. Sabendo das coisas? Nesta esculhambação? Totalmente desprovida de encanto, de atração.

Não me reconheço neste espelho. Cadê a Malu sorridente, charmosa, elegante, cheirosa, na moda, sempre disposta a sair, ir a um restaurante, a um bar, a um cinema, à casa de amigos? Onde é que ela foi parar? Vejo é uma senhora desarrumada, desanimada, despencada, que só quer ficar sentada em casa, assistindo a qualquer bobagem na TV. Mais velha que a minha mãe, que está sempre animada e disposta, sempre arrumada e bem-alinhada. Se soubesse, de repente, que o Luís tem outra, não me espantaria. Como é que ele pode viver, dormir, passear ao lado duma mulher assim como eu estou? Definitivamente, não dá. Se dá pra ele, não dá pra mim.

Amanhã, tomo providências sérias. Entro numa dieta dura, sem dó nem piedade. Começo a fazer ginástica, natação ou qualquer outro exercício. Deu 18 horas, fecho as gavetas, assino o ponto e vou direto pruma academia. Se não for muito caro, também faço massagens. Deixo o carro na garagem, o mais que puder. Me afasto deste maldito volante e de todas as poltronas que, nem bem vejo, já me sento. Mania preguiçosa. Andar muito, correr um pouco, dizem que ajuda. Qualquer coisa deve ajudar. Pior ou igual não pode ficar.

Vou perguntar pra Débora sobre a aula de dança que faz com aquela moça, a Monique. Ela gosta e aproveita tanto! Talvez seja uma boa para mim também.

Tudo bem, Débora, se eu fizesse uma aula com a Monique, você ia morrer de vergonha. Nem me cumprimentaria pra não dar ban-

deira e todos ficarem com peninha de você, sabendo que aquela velha exibida, com idade para usar bengala e querendo passar por mocinha, é a sua mãe. Claro, prefere sair de lá a ter que passar por este vexame. Não se preocupe. Por isso não terá que se suicidar. Procuro outro lugar e pronto. Achei que era uma boa idéia, mas já percebi que é péssima. Desculpe.

Malu olhava Débora desconsolada. *Definitivamente, não sei o que fazer com ela. A todo o momento joga na minha cara que sou a Senhora Sabe Tudo, que tenho sempre as respostas e as soluções prontas. Quando tento fazer uma ponte, corta e se fecha. Não quer, de jeito nenhum, que eu entre no seu mundo, que participe um pouquinho dele. Demarca seus territórios e não me deixa nem chegar perto. Até se encher e cair fora. Aí, eu posso entrar. Pra explicar o sumiço, a desistência e gaguejar desculpas esfarrapadas. Pra ela, esse é o papel da mãe.*

Acha que, pra mim, servir como motorista da família é refresco. Que não me atrapalha em nada, que não me tumultua o dia, o trabalho. Normal, normalíssimo. Não faço mais do que a minha obrigação. Nem pensar que seja um favor, um carinho, uma atenção. Quando arranja uma carona ou um outro jeito de chegar aonde precisa, me dispensa. Com a maior voz de triunfo. Não tenho mais serventia, pelo menos naquele momento. Tchau e bênção. Pior é que nem percebe que me magoa, que me machuca. Ou percebe e faz de caso pensado? Até pode ser...

É tão difícil ser mãe de uma pré-adolescente. Vejo todo este sofrimento dela e lembro de mim, na idade dela. Igualzinho. Também morria de infelicidade. Me olhava no espelho e desandava a chorar. Sempre. Gozado é que por razões diferentes das dela. Ela tão alta, e eu baixinha... Me aproximava das minhas amigas e me sentia uma anã, um pigmeu, um zero. Tenho a sensação de que passei anos da minha vida olhando para cima, para conversar com as outras garotas e garotos. Não sei como não fiquei com um longo pescoço de cisne. Até que gostaria... Ela daria tudo para ter um busto grande, exuberante, atraente. Lembro do meu, imenso para minha altura. Me sentia desproporcionada, como uma boneca malmodelada. Passei noites e noites enfaixando com gazes e fitas, achatando e tentando diminuir aquelas montanhas pontudas anunciando a chegada de mais nada... O cabelo era todo encaracolado e, naquela época, nada mais fora de moda. Sábados e sábados no cabeleireiro perto de casa, alisando. Saía esticado. Na quarta-feira, no máximo, já estava todo cacheado de novo. Tentava segurar com fivelas, lenços, grampos, o que visse pela frente. Passei até ferro de roupa nos meus teimosos cachos, enquanto minha mãe alternava lamúrias com toda espécie de ameaças.

Sei bem o que a minha filha está passando. O desconforto deste crescimento desigual. De ter um corpo em mudança permanente e nunca parecer com o sonhado. Também sofri e jurava que jamais ficaria bonita, atraente. Demorou tanto pra me acertar, me aceitar. Tomara que ela consiga antes. Tento fazer o que posso, mas parece que é pouco. Que não acerto. Que não é por aí. Tem horas em que me sinto uma mãe completamente incompetente.

●

Sem nada dizer, Malu subiu pro seu quarto. Luís assistia à TV, Débora grudada ao telefone e Mário debruçado nas apostilas. Como todas as noites. Sentia-se pasmada com a repentina descoberta do seu aumento de peso, de medidas. Rezava para estar enganada, para tudo não passar dum drama feito numa hora de muita canseira, de irritação acumulada. Quem sabe, fechando os olhos e abrindo devagarinho, aquela gorda senhora desapareceria da sua frente? Assim fez, mas a mágica não funcionou.

Atacada, resolveu tirar a cisma. Pegou todas as roupas do armário, colocou sobre a cama e se pôs a experimentar. Uma por uma. Saias, vestidos, calças compridas, bermudas, blusas, *blasers*, pantalonas, cintos, malhas. Tudo. Na cama, pilhas de cores, de texturas, de levezas. Também, pilhas de lembranças. O vestido preto, chiquíssimo, usado na festa do chefe do Luís. O longo do casamento da sobrinha. O *tailleur* comprado pra viagem a Minas. O sedoso e rosado da formatura do Mário. Os *jeans* de tantos fins de semana... Olhava, segurava, acariciava, lembrava... e, na frente do enorme espelho, experimentava. Quase nada entrava. Os botões simplesmente se recusavam a chegar perto das alças. O busto explodia para fora, as costas ficavam desprotegidas. Os zíperes, depois de muita insistência, subiam até a metade e escorregavam de novo. Um machucou a sua carne. Suava... As golas apertavam e sufocavam o seu pescoço redondíssimo. Nenhum cinto fechava, por mais que a tesoura fizesse novos e novos furinhos. Uma luta entre a fivela e os muitos centímetros restantes, perdida todas as vezes. Cansada da ansiosa e frustrante experimentação, sentou-se no chão. Primeiro irritada, chutando e jogando longe de seus olhos os tão desejados vestidos com os quais tanto sucesso fizera. Depois chorou desconsoladamente. Pensou, repensou e, finalmente, levantou.

Arrumou as roupas em grandes pilhas. Organizadissimamente. As que não tinham mais o seu jeito eram parte do passado perdido, queria ficar livre. Empacotou em cestas e sacolas, resolvida a levar para sua mãe distribuir por suas obras de caridade. Outras separou para a costureira estudar alguma reforma possível. Alargando, encompridando, transformando vestidos em blusas, pantalonas em bermudas. Novo uso para os bons tecidos que resistiram mais ao tempo do que o seu corpo, que se conservaram melhor do que ela. Olhou tristemente, como se se despedisse de alguém muito querido.

Débora bateu à porta e entrou no quarto. Olhou e entendeu tudo, na hora. Malu perguntou se queria algumas daquelas roupas. Débora nem hesitou. Pôs, tirou, recolocou, recombinou, apertou com um cinto, dobrou para encurtar. Deu gritinhos ao descobrir roupas que tanto invejara à sua disposição e debochou da cafonice do fora de moda das outras. As duas, rindo. As duas, palpitando. As duas, tendo idéias. As duas, se atirando nas pilhas e redescobrindo possibilidades. As duas, misturando esporte e chique, velho e novo, *sexy* e recatado. As duas, arrumando o que ficaria em casa, agora com a filha. As duas, infelizes e felizes se vendo na frente do imenso espelho. As duas, se sentindo uma espelho da outra.

Luís, pelo amor de Deus, pare de me tratar como se eu fosse uma criança desprotegida e meio inválida. Desligue este ar paternal, compreensivo, tolerante. É irritante. Temos exatamente a mesma idade. Aliás, sou três meses mais velha do que você. Respeite meus cabelos brancos. Pro pesado, pro difícil, pro duro, conta comigo.

De igual para igual. Pra conversar, trocar idéias, vem de pai e espera que eu responda como filha. Tenha a santa paciência, mas vai acabar me tirando do sério. Não suporto mais.

Como qualquer outro dia da semana, Malu ficou no escritório. Trabalhando concentradamente. Atendendo aos telefonemas, pessoas, *boys* e se dispersando. Fazendo de conta que não percebia as puxadas de tapetes, as intriguinhas da sua chefe. Fingindo que não via a preguiça, o desinteresse, o "vai levando" dos seus subordinados. Alternando animação e entusiasmo com mau humor e tensão, várias vezes por dia. Subia e descia nesta repetitiva gangorra. Tentando ser eficiente no seu trabalho e não se irritar com a sufocante rotina. Balançando sempre. Conseguiu resolver um problema complicado e foi cumprimentada pelo diretor. Se sentiu bem, gratificada, mas sabia que no dia seguinte tudo recomeçaria igualzinho. Gostava do que fazia. Não gostava do lugar onde o fazia. Era o que tinha...

Na hora do almoço, entrou na internet e se dependurou no telefone. Ligou pra todas as academias de ginástica próximas. E as mais longe e as até um pouquinho mais longe. Ficou abaladíssima com os preços. Fez contas e mais contas. Na maquininha e na ponta do lápis. Insistiu, discou pra amigas e conhecidas. Finalmente, achou uma com uma mensalidade possível pro seu salário e nada fora de mão. Passaria lá ainda hoje, na saída do escritório.

No caminho, pensava. *Quando é aula pra Debora ou pro Mário, nem vacilo. Eles escolhem e eu pago sem pestanejar. Natural, naturalíssimo. Seja do que for. Sabendo até que vão desistir logo. Agora, pra mim, não é tão simples. Muito menos tão fácil. Pra eles, tudo. Pra mim, as sobras...*

Chegou na tal academia. Gostou do lugar, dos professores, dos horários abertos, dos equipamentos modernos. Clima simpático, garotada sorridente e mulheres muito, mas muito mais gordas e despencadas do que ela. Amém! Se matriculou e acertou a primeira aula pro dia seguinte. Saiu contente por ter levado a sério a sua resolução. E não adiado, mais uma vez, pro Dia de São Nunca.

Entrou em casa animada. Se sentindo meio estudante de novo. Se aproximou dos filhos carinhosamente. Mário ergueu os olhos das suas sagradas apostilas e reclamou que com tantas interrupções não passaria no vestibular, repetindo o mesmo e enorme discurso diário. Débora resmungou e bufou, declarando que tinha a mãe mais chata e metida do mundo, uma completa desmancha-prazeres, não esclarecendo apenas qual o crime cometido hoje. Luís só queria saber a que horas o jantar sairia, porque não aguentaria esperar até a madrugada para poder comer. Estava caindo de fome. Coitadinhos...

Ninguém me perguntou aonde fui. Ninguém se interessou em saber por que cheguei tarde. Ninguém comentou o meu cansaço nem notou as minhas olheiras. Total desinteresse. Enchi de ser o saco de pancadas da família. Cansei de só perguntar, de estar sempre à disposição, de só dar. Também quero ser paparicada, acarinhada. Que se virem. Jantem o que quiserem, quando quiserem. Reclamem quanto puderem, do que puderem. Vou pro meu quarto, ficar um pouco comigo. Sozinha e em silêncio.

Malu deitou-se na cama, fechou os olhos, relaxou. Refeita, tomou uma chuveirada gostosa, refrescante, demorada.

Delícia que é sentir a água caindo morna e forte, o sabonete perfumado deslizando pelo corpo, o xampu cheiroso escorrendo pelos cabelos.

Se enxugou de levinho. Criou coragem e foi se olhar no espelhão. Completar a inspeção. Começou pelo rosto. Não gostou nada da pele seca, das olheiras profundas, dos pés-de-galinha, duma papada aparecendo. A infelicidade bateu forte. Abriu um dos cheirosos potes de creme nutritivo, disposta a fazer uma massagem. Notou suas mãos ásperas, ressecadas. Desentusiasmada, nelas passou um creme hidratante. Nisso seu olhar bateu nas unhas quebradas, descuidadas. Pegou a tesourinha, o alicate, a lixa, os óculos para enxergar melhor e deu uma de manicure. Cuidadosamente. Fez o mesmo com os pés. Estava realmente um lixo, um traste. Da cabeça aos pés. Ainda com os óculos, voltou ao espelho. Descobriu que agora não tinha mais alguns fios de cabelos brancos, mas várias mechas. Enquanto fiscalizava a longa cabeleira, as batidas do coração aceleravam temendo

encontrar mais e mais fios brancos escondidamente espalhados. Lágrimas rolavam. Abriu a boca e viu obturações manchadas, dentes escurecidos, tártaro preto. Um horror! Fechou o sorriso. Lembrou que fazia uns dois anos que não ia ao dentista. Na última vez, combinou voltar na semana seguinte e nunca mais apareceu. Outro compromisso seu, para si, consigo, deixado para lá.

Balançou com a inspeção.

Como é que me deixei ficar assim? Com cara de velha e corpo de velha. Com cara maltratada e corpo desleixado. Com cara de infeliz e corpo de infeliz.

Lacrimejou, se odiou, se culpou. Lembrou de amigas da sua idade e até bem mais velhas, de artistas de cinema e de TV, em plena forma, no maior pique, esbanjando sedução. Sabendo ser coroas enxutas, atraentes e desejáveis. De bem com a vida, de bem com elas.

Levei um tranco. Bem feito para mim. Há muito tempo que deixei de prestar atenção na minha aparência. De me cuidar. Sem perceber, fui me transformando numa matrona. Numa desleixada matrona. Agora, chega. Hora de fazer as pazes comigo, de gostar de mim, de me dar um trato. Cuidadoso e carinhoso, geral e urgentíssimo!

– Mário, sei que você planeja ganhar o Prêmio Nobel, entrar na história da Medicina e ser reconhecido mundialmente. Ótimo! Desejo que consiga. Enquanto esperamos que isso aconteça, gostaria que arrumasse seu quarto. Melhor colocar as roupas e os tênis no armário, até porque o chão não é muito higiênico e pega mal para quem vai revolucionar a Medicina. Agradeceria também se guardasse os livros, revistas, apostilas e recolhesse esta montoeira de papéis. Para sua surpresa, encontrará mais facilmente na hora que precisar deles. Sei que está muito ocupado com seus estudos, mas também estou com o meu trabalho. E não fui contratada como empregada desta casa. Quero este quarto em ordem, até hoje à noite. Pode ter um ataque agora ou depois. E fazer o seu discurso sobre a minha incompreensão quando toda a família chegar. Terá mais ouvintes e receberá mais apoios. Já sei que sou autoritária, mandona e não valorizo os seus esforços, Poupe seu fôlego e trate da arrumação.

•

Malu se animou quando viu o marido fechando o jornal e desinteressado da TV. Se achegou e falou. Sem parar, sem dar pausas. Não estava se sentindo bem. Dera para ter palpitações, o coração batia rápido e forte sem motivo, sem ter feito nenhum esforço físico. Sem quê nem para quê, não conseguia respirar. Ficava sem ar à toa, às vezes até sentada. Pior é que cada dia doía outra parte do corpo. Um dia as mãos, outro os joelhos ou os ombros, as costas constantemente. Canseira, sempre. As coisinhas de todo dia pesavam, parecia que tudo se acumulava e, por mais que tentasse, acabava adiando um montão de tarefas pro dia seguinte, depois pro outro e pro outro. Estava exausta, nervosa, quase explodindo. Queria sossego, calma, dormir até o sono acabar, sem ser chamada a todo instante. Não aguentava mais carregar tudo nas costas. Não era à toa que doíam. Estavam cansadas de carregar o trabalho, as crianças, a organização da casa, as lições e as aulas extras, as compras, a faxineira, esticar o dinheiro, os amigos dos filhos entrando e saindo... Estava cheia de tudo, tudo mesmo, depender dela e só dela.

Luís ouviu sem piscar. Quando parou, perguntou se tinha outras queixas e exigências. Malu fechou a cara irritadíssima com mais esta incompreensão. Ele a abraçou e falou suavemente.

– Malu, você sabe que tudo isso são sintomas da meia-idade. Crise da meia-idade. Respostas do corpo quando chega na meia-idade. Encare. Vá num médico. Tudo bem, eu sou médico, mas sou pediatra e sou seu marido. Procure um bom clínico ou seu ginecologista. Se achar que não é para tanto, tire uns dias de licença do seu emprego e descanse. Ou uma semana de férias. Vá para casa da sua prima no Guarujá ou peça para a Andréa te emprestar o sítio. Ou viaje, numa excursão. Não estamos nadando em dinheiro, mas se dá um jeito. Faça o que for melhor para você, o que realmente quer ou precisa agora. Sem desculpas que não pode largar o escritório, que se sair a casa cai. Não cai. Nada nem ninguém caem. Somos grandinhos e podemos nos virar. Vai até ser bom aprender a tocar o que você diz que leva sozinha, nas suas pobres costas. Mesmo não sendo verdade, no mínimo, melhoramos.

Pare com esta choramingação, com esta ranhetice, com este mau humor. Saia deste seu caramujo. Converse com suas amigas que estão atravessando a mesma fase, sentindo os mesmos distúrbios. Vai descobrir que não é nenhuma doença rara ou desconhecida, Nem doença é, muito menos exclusividade sua. Estou e estarei sempre ao seu lado, ajudando no que e como puder. Só não quero ser responsabilizado nem culpado por um problema que é seu.

Deu um beijinho na sua testa e foi para a cozinha. Malu, de tamanho espanto, não reagiu. Sentada estava e sentada continuou. Pasmada. Passada.

Claro, Débora, é evidente que não te compreendo. Não faço a menor idéia sobre o tormento que é ter espinhas. Nunca tive. Pouquíssimas garotas da sua idade têm. Todas as suas amigas são imunes a estas graciosas pintinhas. Exclusividade sua. Sou uma mãe tão relapsa que, quando vi as suas, pensei que era catapora retardada. Errei, mais uma vez. Meu forte não são mesmo os diagnósticos. Só dou foras. Não era catapora nem sarampo ou rubéola. Mesmo porque, se não estivesse completamente gagá, lembraria que você já teve essas três doenças. Se agora estou com os óculos e consegui enxergar algumas das suas poucas espinhas, concluir que você gostaria que eu as espremesse só confirma que ando mesmo delirando e que sou uma sádica incontrolável. Não resisto... Enxergo, afio as unhas e preparo o ataque. É preciso paciência para minha velhice, maldade e loucura brava. Conto com a sua juvenil compreensão...

Tá legal, Débora, não tiro mais sarro. Vou tentar controlar este meu deboche irritante. Mas tente não se dedicar a encontrar todas as maneiras possíveis e as impossíveis de me fazer perder a paciência. Quando você resolve me encher, é insuportável! Nem sempre foi assim. Pega os álbuns de fotos. Os seus. Pra lembrar quando você era o docinho da mamãe...

Ficaram um tempão olhando as fotos. Rindo, perguntando, comentando. Se divertiram com as roupas, as trancinhas e a franjinha, as infernais botinhas ortopédicas. As festas de aniversário, os bolos e suas velinhas, as bandejas de brigadeiros, a agarração nos presentes, os abraços da avó amada, da tia mais querida, da prima antipática. Com o que tinham de parecido. O queixo erguido, a testa larga, o formato das mãos e dos pés, o jeito de olhar e de embirrar, a graça no posar. Sem erro: mãe e filha.

Débora pediu pra Malu mostrar, de novo, as fotos de quando era criança. Folhearam devagarinho os velhos e amarelados álbuns. Lá estava, rechonchuda e rosada, a mãe ainda bebê, quando a chamavam de Luisinha. Com uniforme engomado, sapatos brilhantes de tão engraxados. Com vestidos bordados e rodados, em poses de bailarina. Com caprichados cachinhos, caminhando como Anjo de Procissão. Faceira com a fantasia de cigana no Carnaval. Toda agasalhada, com gorro e cachecol, pegando o trem para as férias em Itatiaia. Débora olhava deliciada. Malu sentia uma doce saudade da Luisinha que um dia fora.

Pegaram outros álbuns. De outras épocas. De Malu mocinha, quando a chamavam por seu nome de batismo, Maria Luísa. Ela com cabelos encaracolados e busto imenso. Com saia pregueada e tiara nos cabelos. Com sandália de salto alto e uma rodada saia godê. Com um vestido de babados e o cabelo preso, parecendo uma espanhola. Maquiada e com uma túnica grega na apresentação da peça de formatura. Ao lado das amigas, com a jaqueta do cursinho e o fichário na mão, todas se jogando de braços abertos para o futuro sonhado... Corpo tomando forma, porte de bailarina, toda graça e dengo. Débora se deslumbrava e Malu sorria recordando e sentindo saudades da Maria Luísa que um dia fora. Onde estava? Em que ponto da vida a perdera? Em que momento se distanciara do seu jeito de ser, de estar, de ousar, da sua juventude?

Folhearam outros álbuns. Os de quando começara a namorar com Mário Luís e passara a se chamar Malu. Se divertiam com este espelho. Mário Luís e Maria Luísa. Dois lados, uma complementação. Com o tempo, ele se tornou Luís e ela, Malu. Fotos de mãos dadas, abraçados e aos beijinhos, em bailes com roupas a rigor, comendo *pizza* com a turma, brindando com canecas de cerveja... Explosões de alegria! Depois, o noivado. A festa, a troca de alianças, ele no seu terno escuro, ela com vestido florido e bem decotado, os brindes com champanhe em taças de cristal, a felicidade radiosa! O casamento na igreja, o vestido de cetim com cauda imensa, o fraque de Luís, a elegância dos padrinhos, as mãos enlaçadas cortando o bolo, os beijos e os olhares cheios de promessas, o *tailleur* azul da viagem, as roupas de lã dos passeios pelas neves de Bariloche. Malu esguia, morena, insinuante, sensual, sedutora...

A primeira gravidez, a de Mário, a barriga crescendo e fotografada mês a mês, a preparação do enxoval e do quartinho colorido, a mala pronta quinze dias antes do parto e perto da porta. Os seios volumosos amamentando, os olhares embevecidos acarinhando o bebê no colo. O sorriso feliz empurrando o carrinho no parque, seguindo quando engatinhava, acompanhando os primeiros e trêmulos passos... A gravidez de Débora e como estivera linda, tranquila, serena, naquela época. Malu sorria enternecida. E sentia doces saudades daquela Malu distante e diferente da de hoje. Aonde fora parar o enamoramento, a excitação fervilhante, o rosto radiante, o corpo flexível e satisfeito? Em que momento da sua vida aquilo tudo se rompera, se perdera?

Fecharam e guardaram os muitos álbuns. Apagaram as luzes da sala. Se beijaram meigamente, desejando uma boa noite. Débora deitou e dormiu direto. Malu continuou com os olhos abertos, tentando responder às tantas perguntas que se fizera...

•

Malu acordou cedo. Disposta. Se pesou na balança do banheiro e definiu prazos e datas para o seu emagrecimento. Comeu pouquíssimo, escutou o noticiário da rádio, organizou o dia da casa, rapidamente fez compras no açougue e na quitanda, segurou um quebra-pau entre os filhos, anotou o que deveria trazer da rua e saiu, já atrasada, pro escritório. Lá, repetiu o mesmo rame-rame dos últimos cinco anos. Resmungou, se controlou, controlou o trabalho do seu departamento, forçou o sorriso, deu ordens, cumpriu ordens. Saco de rotina! Na rua, parou numa vitrine com roupas lindíssimas. Por longos momentos namorou um vestido ousadamente chique. Jurou que seria seu quando perdesse os atuais e extras 10 quilos.

Na academia, fez todos os exercícios. Convictamente. Esforçadamente. E 1 e 2 e 3 e 4. De novo. E 1 e 2 e 3 e 4. De novo. Levanta, abaixa, levanta, abaixa. Flexiona, flexiona, estica, estica. Abre, abre e fecha. De novo. Suada, continuava. E escutava a voz da professora: "Malu, endireita as costas"; "Malu, não dobre os joelhos"; "Malu, solte os quadris".

Como fiquei tão dura? Como é que enferrujei deste jeito? Como é que entortei tanto? Como fiquei sem fôlego? Faz mal, não. Recupero. E logo. Vamos. E 1 e 2 e 3 e 4. E 1 e 2 e 3 e 4. Adorou a última parte da aula. Dançar livremente, improvisando passos, o corpo acompanhando o ritmo da música. Sentiu-se leve, bem.

Chegou em casa suada, moída, com dores pelo corpo todo, mas contente. Excitada, começou a comentar a aula. Na primeira frase, Mário se pôs a berrar que precisava de silêncio para se concentrar. Débora a reclamar que era uma escrava, que tudo na casa era só ela quem fazia. Malu enfureceu, levantou o queixo, abaixou o tom da voz para dizer o quanto fazia e o que aguentava todo dia e o dia inteiro no escritório, mais as coisas da casa e as deles, antes e depois do expediente. Levantando os ombros, recitaram em conjunto: "Lá vem a ladainha da pobre sofredora". Malu controlou a irresistível vontade de dar uns bons tapas nos dois filhos.

Sacudida pelos conselhos de Luís, resolveu telefonar para Sandra, a única amiga do cursinho que conservara. Sempre pisaram no mesmo chão. A pessoa certa para discutir suas atuais e insuportáveis aflições. Débora no telefone. Esperou, arrumou a mesa, mostrou o relógio, a filha no seu interminável papo. Assistiu ao noticiário inteirinho da TV e Débora ainda segurando o telefone. Perdeu a paciência e soltou a voz.

– Pensa que trabalho só para pagar a conta do telefone da senhorita? Se alguém morreu, foi atropelado, acidentado, sei lá, devem estar ligando pros vizinhos porque a linha da nossa casa está ocupada há horas. E tem mais. Preciso do telefone. Será que posso usar por alguns minutinhos? Obrigada pela gentileza e compreensão. Estou comovida com este gesto espontâneo...

Quando conseguiu ligar, Sandra já estava na cama, pronta para dormir. Sem graça, não esticou a conversa. Marcaram um encontro, pro dia seguinte, num restaurante perto do antigo cursinho.

De madrugada, Malu se levantou. Novamente com insônia. A cabeça doía outra vez. Inferno! Pé ante pé, desceu para tomar um comprimido. Na sala, uma luz acesa. Mário estudando. Se aproximou do filho com ar orgulhoso e também preocupado.

– Que é isso, Mário? São 2 horas da manhã. Não acha que chega? Dá um tempo. Assim, você morre antes do vestibular e todo este esforço terá sido inútil.

O filho fechou os cadernos. Tomaram um copo de leite e ficaram conversando na cozinha, como quando ele era molecote e trazia os amigos direto praquele canto da casa. Falaram daqueles tempos, daqueles garotos agora distantes, levando a sua vida em outras escolas, em outras cidades, alguns trabalhando, outros se dedicando a fazer coisa nenhuma. Se espantaram como apostaram errado no futuro de muitos deles.

Malu disse que estava deprimida porque naquela tarde, na rua, um atlético rapaz duns 25 anos a chamara de "senhora". – Não me conhecia, nunca tinha me visto. Bateu o olho e me achou velha mesmo. Daí, um respeitoso e distante tratamento. Como se tivéssemos uns 30 anos de diferença de idade. Desconhecido que não é mais garoto, te chamando de senhora, é dose, é ponto final. Fiquei e ainda estou abaladíssima.

Mário riu e disse que ela ainda era sua secreta e eterna namorada. Verdade que mais gorda, mais enrugada, mais acabada. Mas sempre adorável. Uma adorável velhinha. Malu arregalou os olhos e quase engasgou. Não sabia se esganava ou beijava o filho. Na dúvida, deu um boa-noite tipo seco. Cada um foi para sua cama, tentar dormir.

•

Tão bom rever Sandra. Tantos assuntos para pôr em dia. Fofocaram sobre divórcios, viagens, mortes, pirações de alguns amigos de outras épocas. Malu contou dos filhos.

– Mário, insuportável, centro do mundo, querendo que todos cumpram suas vontades só porque – Ó Sagrado Deus – vai fazer vestibular. Como se fosse a primeira pessoa do mundo a passar por tal provação... Débora, um sufoco. O que quer que eu faça ou diga, invariavelmente, é um absurdo ou a comprovação de que não a compreendo, não a amo. Morro de saudades da menininha meiga, adorável, alegre que ela foi pouco tempo atrás...

Sandra contou da sua filha, de 16 anos, a responsável por seus cabelos brancos. Vive na rua com um pessoal esquisitíssimo, morre de medo que a filhota se envolva com drogas, que transe com o homem errado. Só vai dormir quando ela chega em casa e... invariavelmente bem e contente. Seu menino, de 18 anos, simplesmente não quer fazer coisa nenhuma. Empurra a escola e nem está aí pruma outra recuperação ou nova reprovação. Em trabalhar, nem pensa. Só quer jogar tênis. Um mundão, o dele. Se resume nas raquetes, bolas, treinos e competições nas quadras. Nem sacudindo ou empurrando se interessa por outras coisas...

Se entreolharam meio culpadas e desandaram a elogiar os filhotes. Como eram bons, bonitos, carinhosos, divertidos, saudáveis, companheiros! No momento, atravessavam fases tumultuadas. Passariam, claro. E, aí, viriam momentos de calmaria, de sossego. Pior quando crescessem mesmo e saíssem de casa. Só de pensar, dava calafrios... O que seria da casa sem eles? Sem toda a agitação, o barulho, os amigos entrando e saindo, as portas batendo, os lanches de madrugada? Talvez, até o casamento desandasse... Já tinha acontecido com tanta gente conhecida. Filhos na universidade e pai com namoradinha. Filhos casando e mães baratinadas, assistindo a aulinhas, virando artesãs, fazendo qualquer coisa para tentar preencher o tempo, o vazio... Melhor nem imaginar. Dar tempo ao tempo.

Na hora da sobremesa, entraram no assunto mais atormentador. Os seus 43 anos. Como balançava, mexia, se dar conta que não tinham mais tanto tempo pela frente. Como era doloroso fazer uma revisão da vida. Da carreira, do trabalho, do casamento, dos planos frustrados, dos sonhos não acontecidos, das viagens que não fizeram, do dinheiro que não ganharam, da vidinha que levavam e que não era a que apostavam que teriam há 20 anos. Hora de se encarar, de tomar decisões. De saber o que importava mesmo, o que ainda dava para começar, o que já não dava mais nem para tentar. Fazer um balanço e ver o que valeu a pena, para conservar. Fazer um balanço e ver o que foi um erro, uma perda de tempo, um desgaste de energia, para largar. Fazer um balanço e acelerar o que queriam experimentar, testar, aproveitar, mudar, modificar. Crise da meia-idade.

Foi um papo longo e bom. Sincero, doloroso, carinhoso. Prometeram se encontrar mais. Mais vezes e sozinhas. Sem maridos e filhos. Sem ser em festas de família ou comemorações especiais. Pra falar, lamentar, trocar, encontrar caminhos. Os caminhos do depois dos 40 anos.

Malu entrou no escritório com uma sensação estranha na boca. Correu pro espelho. Não conseguia acreditar no que via. Tinha quebrado um dente. Lembrou do barulhinho que ouvira quando mordera uma frutinha. Na hora, deixou por isso mesmo. Engolira, junto com o caroço, uma parte do dente. Estava banguela, a gengiva sangrando, a boca começando a inchar e a doer. Telefonou pro dentista, chorando. Explicou a urgência, soluçando. Se sentia muito, muito velha. A caminho do fim...

Malu esticou e esticou o corpo. De todos os jeitos possíveis. Tentando acabar com as malditas dores nas costas. Ou, pelo menos, diminuir. Incomodavam sentada, deitada, de cócoras, de pé. Desconfortável, em qualquer posição. Dorzinha chata, insistente. Chegou perto do filho e pediu para fazer, de novo, aquelas massagens divinas como só ele sabia. Deitou-se no sofá e ele, lenta e vigorosamente, passou as mãos firmes por todos os seus músculos. Aliviou, distendeu. Beijou o filho agradecida e engatou no papo.

Malu perguntou se cuidaria dela em sua velhice. Encontra com a Laís, sua antiga cabeleireira, desesperada com a infindável doença de sua mãe, que estava com 75 anos e desmoronando. Não escutava mais, mal enxergava, não conseguia andar ou se vestir sozinha, tinha que tomar remédios e injeções a toda hora. Estava exausta. Sua casa, seus filhos, seu marido, seu trabalho, tudo e todos abandonados. Duro, duríssimo... Malu deu graças aos céus por sua mãe estar tão bem. Mas ficara horas matutando sobre o seu próprio futuro. Mário faria por ela o que Laís fazia por sua mãe?

Claro, quando ela fizesse 75 anos, compraria um uniforme branco e como um enfermeiro empurraria sua cadeira de rodas, trocaria seus lençóis e travesseiros, daria sopinha na boca e faria massagens. De plantão permanente. No momento, não parecia tão velha, nem tão senil. Se adoecesse, jurava por todos os santos que abandonaria seus estudos, seus amigos, sua namorada, para se dedicar exclusivamente à mãe. Um modelo de filho. Daqui uns anos talvez complicasse porque planejava fazer sua especialização nos Estados Unidos. Favor se agendar, para não coincidir. Não poderia fazer os curativos nem dar o mingau lá de Nova Iorque. Contava com a organização infalível da mãe. Malu quis esganá-lo.

Mário, implacável no deboche, comentou o novo andar da mãe. Estava impressionado com o estilo pata-choca. Ou pés em diagonal e as pernas entreabertas eram um novo modelo de elegância? Roçar as gordotas coxas, uma na outra, provocava assaduras como nos bebês? Pés juntos cansavam? Saltos altos e tênis esgotavam? Não conseguia mais caminhar alongada nem manter o antigo e insinuante requebrar? Malu escutou incrédula. Baixou o olhar para os pés e as pernas. Sem dúvida, uma legítima pata-choca. Se estirou no sofá e chorou. Desconsoladamente. Mário sentiu o drama, percebeu que pôs o dedo na ferida e saiu de perto, de fininho.

Luís, fala a verdade. Me olhando bem nos olhos. Você já pensou em me trocar por alguma jovenzinha de 20 anos? Trocar mesmo, pra valer. Me largar e ir morar com ela. Viver a grande e arrasadora paixão da meia-idade...

Luís se sentou bem perto de Malu e sussurrou no seu ouvido que sempre fora louco por ela. Desde o dia em que se conheceram. Mesmo gordota, meio flácida, com celulite e cintura grossa, continuava louco por ela. Torcia, claro, para voltar logo, mas bem logo, à antiga forma. Estava saudoso de suas antigas e bem-feitas medidas... Olhar uma garotinha jovem, graciosa, exibindo charme e músculos firmes, claro que olhava. Como qualquer homem. Suspirar e sonhar com encontros desvairados, claro que sonhava. Como qualquer homem. Não era crime nem pecado. Daí a ir morar com a garotinha já era um passo maior do que as suas próprias pernas. Preferia, pelo menos por enquanto, ficar com a sua velha e ciumenta senhora, que parecia não saber que, como mulher, era inigualável.

•

Malu foi tomar o sagrado lanche semanal na casa da sua mãe. Abraços, beijinhos, notícias da doença da tia, indignação com os preços absurdos e a corrupção generalizada, comentários sobre as novelas, as novas modas e o trânsito infernal, fofocas sobre artistas e desportistas, vizinhos e conhecidos.

Malu fez um completo e atualizado relatório sobre o marido e os filhos. Sua mãe comentou sobre Débora.

– Nunca vi, ela é igualzinha a você, quando tinha esta idade. Seu retrato, sem tirar nem pôr. Sofre de pura infelicidade, como você sofria. Vejo como te inferniza e lembro como você também me enlouquecia. Também os meus lanches eram invariavelmente errados, os meus conselhos uma bobagem, as lojas onde te levava uma permanente humilhação. Prova da minha mesquinharia, da minha mão fechada, da minha insistência em te tratar como criancinha. Tudo o que fazia para você, tudo mesmo, era errado. Eu era um erro. Você rezava para ter outra mãe. Queria ser filha da sua professora de religião, a única pessoa sincera deste mundo e a única que te compreendia e te estimulava... Já pensou? A Débora é seu espelho. Olho para ela e tenho a sensação de que estou te revendo naquela idade. Um belo dia, você cresceu. Transformou-se numa jovem. Amém! Respirei aliviada. Foi-se todo aquele sofrimento, todo aquele tormento, junto com o desaparecimento das espinhas, com você se achando bonitinha...

Engraçado é que você, como mãe, não é o meu espelho. Não mesmo. É mais atenta, menos implicante, mais aberta e muito mais amorosa. Te olho e não me vejo. Girava mais em torno do seu pai, da casa perfeita, do tudo em ordem. Admiro como você dá conta de tudo e ainda consegue levar a sua própria vida. Sei que são outros tempos, mas às vezes sinto uma pontinha de inveja...

Malu desandou a falar. Desengasgou suas preocupações. Seus 43 anos, suas rugas, seu peso, sua pele seca, seus dentes caindo, seus cabelos brancos. A mãe suspirou. Contou da sua insatisfação com o emprego, duma vontade crescente de trabalhar em outra atividade, outro ramo, mas não sabia no quê, de talvez voltar a estudar, mas também não sabia o quê. A mãe franziu a testa. Discursou sobre sua dieta, o vexame no dentista, o medo sufocante da velhice chegando, a menopausa dando os primeiros sinais...

A mãe afagou. E daí? Estava começando a fechar um ciclo. A menstruação voltaria a ser irregular, como no início. Às vezes pulando 2, 3 meses, às vezes vindo duas vezes no mesmo mês. Lembrava como ficava agitada, ansiosa? Pois é... Depois, os intervalos seriam cada vez maiores e deixaria de menstruar, definitivamente, lá pelos 50 anos. Poderia ter hemorragias e cólicas fortes ou fluxos mínimos, como no início. Lembrava como se enchia de remédios? Pois é... Ficaria facilmente irritada, ultra-sensível, teria calores, suores, mas para tudo isso, hoje em dia, existiam medicamentos. Não engravidaria mais, mas isso já se resolvera há alguns anos... Então?

Agora, mal não faria marcar uma consulta no ginecologista. Pra tirar as dúvidas, se preparar para esta nova fase, diminuir a aflição e também aproveitar para controlar a dieta. Besteira isso de fazer regime sozinha, como se entendesse do assunto... Besteira também dar uma de velha. Tudo bem, não tem mais 20 anos, mas também ainda não chegou aos 80... Viva seus 43 anos, aproveitando a sua maturidade. Se cuide, se embeleze, se enfeite, se trate! Se preocupe mais com a Malu mulher.

– Já passei por isso, sofri, me desesperei, chorei, superei e estou inteira, bonita, independente, aproveitando muito bem a vida aos 65 anos. Importante é saber viver cada idade, como ela quer, pede, exige, permite, merece. E descobrir as novidades trazidas a cada nova etapa. Você vai é se espantar com a quantidade de boas surpresas, minha filha!

Malu escancarou a boca de pura admiração. Aplaudiu a clareza da mãe. Se jogou nos seus braços, como uma menininha que pede e consegue o colo. O bem-estar a invadiu. Telefonou e marcou hora com seu médico. Saiu da casa da mãe a mil. Como uma jovem decidida.

Débora, por amor de Deus, pare com esta birra, com este nhe-nhenhém. Não aguento mais. Você quer que te trate como uma adolescente e se comporta como uma criancinha. Daqui meia hora, vai ser o contrário. Vai me comunicar que não tem hora para voltar para casa, exigir as chaves e, se eu não concordar com esta súbita decisão, vai se pôr a gritar, a pedir apoio do seu pai. Quer resolver, por favor, se é uma menininha, jovem, mulher independente, bebê ou o quê? Só para eu saber o que devo dizer e fazer. Obrigada, senhorita. Não bata a porta quando sair. Ótimo, a rua inteira ouviu o seu protesto. Aproveite e faça um escândalo, pedindo a solidariedade da vizinhança contra esta mãe desalmada. Boa sorte!

●

Pontualmente, entrou no consultório do seu ginecologista. Falaram longamente.

– A sexualidade, Malu, não começa com a menarca, com a primeira menstruação. Nem termina com a última, com a menopausa. Elas delimitam: é a época da reprodução. Você sabe disso. Sua vida sexual vai continuar plena, ativa. Até melhor, porque aliviada do medo de engravidar... Mudar o contorno do corpo, ter maiores dificuldades para enxergar, diminuir a resistência física, acontecer a queda dos cabelos; tudo isso – e algumas coisas mais – faz parte das transformações do corpo humano na sua idade. Você também sabe disso. A crise dos 40 anos existe. Para alguns, começa aos 35, para outros, aos 50. Momento em que se tem consciência de que não se tem mais muito tempo pela frente. Por ela todos passam. Você sabe disso.

Cada um, Malu, reage à sua maneira. Uns engordam, outros cuidam da sua saúde mais atentamente, alguns ficam deprimidos, outros frenéticos. Tem quem faça ioga, quem procura psicoterapia, quem se divorcia, quem muda pro campo e vai cuidar de galinhas. Tem quem só se veste, se penteia como se tivesse 18 anos e quem resolve usar roupas que nem o avô usa mais. Homens e mulheres. Tem quem continue fazendo o que sempre fez, conservando os hábitos e amigos, vivendo com o mesmo marido, seguindo o mesmo estilo de vida. Tem quem cheque tudo e procure o que nunca experimentou, o que sempre adiou. Tem quem rompe com algumas coisas e preserva outras. Mexer, mexe sempre. Varia é a intensidade. A menopausa faz parte deste quadro. Como a primeira menstruação faz parte da vida duma pré-adolescente. Expectativas e ansiedades em relação ao corpo que não mais reage como antes. Tome as atitudes ou procure o tipo de ajuda que achar melhor. Soluções existem. E muitas!

•

Depois, fez um bom e completo exame clínico, pediu os exames de rotina, receitou uma dieta balanceada. Marcou o retorno para dali a quinze dias. Saiu de lá segura. Como uma senhora com a clareza sobre as modificações e alterações de seu corpo e suas emoções depois dos 40 anos. E com a certeza de que poderia ficar em forma, na nova forma, na nova idade, na nova fase.

Naquela noite, convidou Luís prum cineminha. Foram e se divertiram. Depois, papo num bar onde não iam há um tempão. Riram, trocaram opiniões, satisfações e preocupações. Malu comentou que pensava em mudar de profissão, mas andava confusa, sem saber o que queria fazer, no que se realizaria. Sorrindo, ele sugeriu costura, serviços hidráulicos, animação de festinhas de aniversário, guia de turismo, jardinagem, mecânica e outras atividades nas quais ela era um absoluto fracasso. Total inabilidade. Seriamente, disse que, se quisesse mesmo mudar de ramo, ele seguraria as pontas da casa pelo tempo necessário. Mas lamentava porque ela era uma boa profissional. Que tal um cursinho de atualização ou uma especialização? Encarar um computador, melhorar o seu inglês, se modernizar? Talvez encontrasse novos caminhos no que sempre fizera e fizera bem. Malu olhou para seu marido, o rei do bom senso. Tinha razão. Poderia se renovar na velha profissão. Afinal, não gostava era do seu atual emprego. Não do seu ofício. De lá, sempre poderia pedir demissão... Conversaram mais um pouco. Se deram as mãos ternamente, sentindo-se próximos, confiantes um no outro. Sabendo que se conheciam e se apoiavam um no outro. Tomaram-se dum doce bem-querer.

Aula na academia. Mais à vontade, Malu fazia os exercícios, Esforçadamente. Concentradamente. E, ainda, enferrujadamente. Num intervalo, se olhou no imenso espelho que cobria toda a imensa parede e perguntou:

– Ai, espelho, espelho meu. Existe, neste mundo, alguma coroa mais desengonçada do que eu?

– Ninguém! Nenhuma pessoa. Em lugar nenhum deste imenso universo – respondeu o espelho com voz cavernosa e bruxesca.

Malu quis chorar. Depois sorriu. E riu, riu muito. Talvez as senhoras ao seu lado fizessem a mesma pergunta e talvez ouvissem a mesma resposta. Mas ela estava vendo que elas eram muito mais gordas, muito mais barrigudas e muito menos graciosas do que ela. Existiam coroas mais desengonçadas do que ela na academia, na rua e, com certeza, no universo...

Deu uma gostosa piscadela pro espelho. Prendeu o cabelo, enxugou o suor, puxou as meias. Ouviu a música, pegou o ritmo, soltou o corpo e saiu dançando por toda a imensa sala. Contente, bem contente!

Recebeu o salário e saiu como uma flecha, na hora do almoço. Direto pro recomendado salão de beleza. Trato geral e em grande estilo. Depilou as pernas, fez limpeza de pele, manicure e pedicure. Tratamento de rainha! Se entregou nas mãos do cabeleireiro, dizendo que fizesse o que achasse melhor. Ele olhou, examinou e nem hesitou em mudar seu corte marca registrada. Modificou tudo. Tingiu seus cabelos, escurecendo e espalhando leves e luminosos reflexos. Massageou, encorpou, deu volume. Cortou e cortou. Ficou com um quê afrancesado, leve, chique, moderno. Gastou muito, mas valeu! Gostou de como ficou, gostou do novo visual da nova Malu. Uma bela e elegante coroa.

No escritório, só ouviu elogios. Inchou. Chegou em casa alvoroçada. Débora torceu o nariz, achou chamativo, uma apelação. Malu balançou. Mário parou, rodeou, assobiou. Se sentiu mais segura. Luís entrou, lançou um longo olhar admirativo e a convidou para jantar fora. Só eles dois. Claro, num restaurante onde também servissem saladas e ela pudesse manter a sua deliciosa e verdejante dieta. Cantarolando e caprichando, se vestiu com uma roupa que parecia feita sob encomenda para combinar com o novo corte do cabelo. Tinha também um quê afrancesado, moderno. Ele pôs seu *blazer* marinho novo e até uma gravata... Saíram como namorados.

Enrodilhada na poltrona, Malu observava Débora desfilando com sua roupa nova, pronta para ir a uma festa. *Tão alta, tão bonita! Muito mais graciosa do que acredita, de como se vê. Logo, logo vai saber como é atraente e vai abusar da sua sedução. Está virando mulher. Está iniciando um novo ciclo orgânico, físico. Este mesmo que eu, agora, começo a encerrar. Logo entrarei na menopausa, como há alguns anos minha mãe entrou. Encerrou e seguiu sendo mulher. Não em crescimento, mas em declínio. Declínio físico, crescimento vital, sabedoria acumulada. Como se fôssemos pontos da mesma roda. Gira, é a vez de uma. Gira, é a vez da outra. Gira, o busto surge. Gira, a sensualidade explode. Gira, é inteira exuberância. Gira, serena, matura. Gira, se torna mãe. Gira, dá com sinais de velhice. Gira, mergulha mais em si mesma. Gira, é avó. Sempre sendo mulher. Sempre sensual. Sempre em sofrida transformação e dolorosa compreensão de cada etapa. Sempre descobrindo as novas e diferentes formas de sua atração, em cada volta e reviravolta.*

– Mário, hoje é sexta-feira. Dia de você dar uma caminhadinha comigo. Uns poucos quilômetros antes do jantar. Ficar em forma, arejar. Não faça essa cara. Não te chamo nem nas segundas nem nas quartas, respeitando seu precioso tempo de estudo. Mas uma vez na semana você pode largar estes livros por uma hora. Na volta, estará com outro ânimo para enfrentar os novos e fascinantes capítulos da Matemática e da Química. Semana passada também tive que suplicar e depois você me agradeceu. Vá, levanta, põe o tênis e vamos. Não precisa trocar de roupa. Esta está ótima! Andando e colocando o papo em dia. Quero ouvir o relatório completo do namorico com a Sônia. Com todos os detalhes que uma velha mãe pode escutar e suportar.

●

Malu saiu do médico meio contente, meio desanimada. Tinha emagrecido cinco quilos. Ainda faltavam outros difíceis cinco. Continuar firme e forte na dieta e voltar em um mês. No elevador, jurou que, no dia que terminasse o regime, que perdesse todos os centímetros a mais do seu corpo, que recuperasse a velha-nova forma, que se sentisse de novo atraente, bonita, desejável, comemoraria sua vitória com Luís. Em grande estilo! Até lá, muita luta ainda...

Malu discou o telefone, excitadíssima.

– Mamãe, te adoro! Você vive me surpreendendo. Maravilha o meu presente de aniversário! Sei que eu que pedi, só que nem sonhava em ganhar. Pensei que você acharia que era sarro, brincadeira. Quase desmaiei quando vi a enorme e linda bicicleta amarrada com fitas cor-de-rosa. Gritei, bati palmas, dei um *show* completo! Lembrei quando supliquei por uma quando fiz 12 anos e acabei ganhando uma boneca que odiei. Tratamento de criancinha, como era seu costume. Agora, aos 44, recebo. Pode até ser que continue sendo tratamento de criancinha. Só que desta vez era mesmo o que eu queria. O que mais queria. Estou louca para começar a pedalar, a dar umas voltas por aí. Como exercício é excelente. E é tão charmoso e tão civilizado... Estou me sentindo uma europeia, mesmo sem nunca ter ido lá. Obrigada. Qualquer hora destas, passo na sua casa. De bicicleta, claro.

De novo, Malu passava por um rigoroso exame na frente do espelho. Inteirinha, de cima para baixo. Inteirinha, de lado e de costas. Semanas e semanas de dieta brava, de exercícios duros na academia, de longas caminhadas. Tanto esforço prum resultado decepcionante. A cintura ainda estava grossa, a bunda um pouco caída, a barriga meio flácida. Sentiu-se frustrada. Esperava maior rapidez nos resultados. Queria ver no espelho uma coroa enxuta, atraente.

Verdade é que alguns progressos fizera. Os seios estavam durinhos, as coxas, mais firmes, o colo, mais esticado, Admirou o que estava enrijecendo, retomando seu lugar em seu corpo. Estava mais alongada, porque menos largada, menos curvada.

Bom mesmo foi redescobrir o prazer de fazer exercícios, se jogar na ginástica, se alegrar no dançar e no se movimentar! Brincar com seu corpo, perceber reações esquecidas e dificuldades novas, recuperar a flexibilidade, a leveza. Se sentir disposta, revigorada, bem. Muito bem!

Bom voltar a se olhar, se cuidar, ficar consigo alguns minutos por dia diante do espelho. E muitos longe dele. Mas também se repensando, se acarinhando, se presenteando com novos e velhos desejos, resolvendo tantos problemas que adiara nos últimos anos. Como pudera dizer que o resultado era decepcionante? Grande bobagem de quem enxerga pequeno...

Engraçado, pensava. *Ando até mais ocupada, com horários mais apertados. Continuo cuidando da casa, dos filhos, trabalhando como sempre no escritório. Ainda vou na academia pelo menos duas vezes por semana, às vezes três. Minhas caminhadas são sagradas, como é sagrado o encontro semanal com mamãe. E ainda estou fazendo dois cursos. Um de computação e outro de comida congelada. Os dois, entusiasmada. Descobrindo novidades e me descobrindo nestas novidades. E me sinto mais animada e menos cansada do que quando fazia muito menos coisas.*

Terminei um longo e doloroso tratamento dentário. Perdi dois dentes e outros quatro se salvaram por pouco. Fora a vergonha de me ver e de me verem banguela. Agendei a próxima consulta para daqui a seis meses. Chega de desleixo. É saúde. Também troquei as lentes dos óculos. Agora, para ler, escrever, trabalhar, uso direto. O que está longe ainda enxergo direito com os meus próprios olhos. Consigo encarar os cuidados especiais e exigentes da minha idade.

Lembrou da conversa com Sandra, no último domingo, quando fez um relatório para a amiga.

– Continuo sentindo palpitações, falta de ar, dores de cabeça, tensão e mil outros mal-estares. Sem falar na irritação, num nervosismo que aparece sem mais nem menos. Como sei que são normais na minha idade, aprendi a conviver com tudo isso. Às vezes bem, às vezes mal. Às vezes criando o maior caso, às vezes nem ligando e esperando passar por si só. Como perdi centímetros nos quadris, diminuí também a aflição que tudo isso me causava. Faz parte da fase... Estou conseguindo ser uma mulher que sabe viver a sua idade. Ainda preciso aprender a viver bem e de bem. Sei que estou recomeçando a gostar de mim.

Gostou de sentir isso e de dizer isso para Sandra.

•

Malu olhou, conferiu e pulou da balança rodopiando. Tinha perdido 11 quilos!!! Suas medidas, recuperadas. Da nuca aos tornozelos, tudo no tamanho certo. O corpo enxuto, sem gorduras extras, os músculos firmes, tudo no devido lugar. As coxas não grudavam mais uma na outra e o seu andar voltara ao normal. Explodia de felicidade! Conseguira tudo e até mais do que se propusera...

Hora de se dar o prêmio. Foi à loja e experimentou o vestido ousadamente chique que namorara há meses e jurara que seria seu. Caiu perfeito! Como sob medida. Tamanho 44. Glória, glória! Estava atraente, bonita, *sexy*. Comprou também sapatos de salto alto elegantíssimos. Demoradamente escolheu uma sedosa e negra *lingerie*. O resultado era arrasador!!!

Passou no cabeleireiro, tingiu, manteve o novo corte de que tanto gostara. E fez tudo o mais que tinha direito no salão. Saiu de lá esfuziante!

Do escritório, telefonou para Luís. Convite para a comemoração especial, naquela noite, por conta dela. Passou a tarde em doce expectativa...

Em casa, se preparou caprichosamente. Tomou um longo banho, se perfumou. Colocou vagarosamente a nova *lingerie*, as meias pretas, saboreando cada minuto. Se maquiou cuidadosamente. Vestiu a roupa nova, calçou os altos sapatos, arrematou com um discreto colar, espichando cada preparativo. Deu a última olhada e gostou do que viu. Gostou de se ver.

Desceu lentamente os degraus. Débora e Mário aplaudiram. Luís a olhou com admiração, com desejo. Saíram como amantes apaixonados para uma longa e especial noitada, com parada num restaurante da moda, numa boate para namorar, cantarolar e dançar ao som de um pianinho e num motel. Voltaram de madrugada, radiantes. Planejando uma nova lua-de-mel. Só os dois, alguns dias, num lugar especial, num recanto sonhado. Desta vez, não nas neves de Bariloche. Tomando sol em alguma ilhota perdida. Logo que pudessem, logo que desse.

Malu se olhava no espelho. Vagarosamente. Contentamente. E se perguntava se nesta nova etapa recuperaria a Luisinha, a Maria Luísa, a jovem Malu, nesta nova Malu que via. Não sabia, ainda. Tinha tempo para encontrar a resposta. Sorriu docemente. Começava, agora, a viver a idade do esplendor da mulher. De quem sabe das coisas! Não era mais tempo de pressa, de urgências. Momentos de saborear muito, devagar e plenamente o que quisesse, o que importasse, o que valesse a pena. Questão de escolha. De madura escolha.

A autora

Irene Abramovich

Fanny Abramovich, meu nome nos documentos. Fannyzinha, nome dado pelos alunos. Fan, Fanoca, diminutivos usados por alguns. Dona, senhora, etc. ninguém me chama assim....

Ziguezagueei sempre. Procurando respostas, de todo tipo. Assuntei, me meti em cursos de francês e balé clássico, fiz teatro infantil e TV ao vivo, devorei livros, aprendi a nadar. Muito dona do meu nariz, andei sozinha por São Paulo desde meus 8 anos...

Inventei muitas perguntas, coceirando curiosidades. Viajei, namorei, discursei por praças, me envolvi em política secundarista, participei de greves por melhores escolas... Andei mundo: assustei, ri, enraivei, emudeci, gritei. Revoltei!

Adorei escrever este livro! Me diverti, sorri, espantei...! Não sou a Débora, mas já tive 11, 12 anos de idade e lembro do suplício que foi...

Também não sou a Malu, mas já passei pela menopausa, amigas já passaram, e momentos de minhas/nossas vivências surgem aqui ou ali... Importante foi criar a relação Débora/Malu! Conseguir, deu contenteza!!!!

Entrevista

Na flor dos seus 13 anos, está Débora, a filha. Já partindo para a meia-idade, Malu, a mãe. A narrativa saborosa de Fanny nos traz os temores e frustrações dessas duas etapas transformadoras da vida feminina.
O que têm em comum? O espelho. Observador secreto e conselheiro cruel, o espelho do quarto configura-se como elemento que as separa e denuncia, mas também as une. Aqui você vai compreender um pouco mais das idéias que mobilizam a imaginação da autora rumo à temática desta obra.

EM "ESPELHO, ESPELHO MEU", SÃO APRESENTADOS OS DIVERSOS CONFLITOS DE DUAS MULHERES, EM DIFERENTES FASES DA VIDA, COM SUA PRÓPRIA IMAGEM FÍSICA. COMO VOCÊ VÊ A RELAÇÃO ENTRE BELEZA E ACEITAÇÃO PRÓPRIA E SOCIAL NO MUNDO CONTEMPORÂNEO?

• A mídia força. A moda do vestuário, dos cremes e corte/cor/luzes dos cabelos, dos exercícios físicos aplaudidos e do número de quilos decente, do meio de transporte usado etc. criam o padrão de beleza aceito na temporada. Padrão consagrado pelas *celebrities*, pelos vencedores de concursos, pelas fotos - *outdoors* - apontando a **engolição** do padrão. Daí o consumo das grifes, do caro, do previsível, do combinado como o certo para a *saison*... A infelicidade de quem não tem, a marca na testa de "estar por fora", não a saída pra inventar.
Eu não dou e nunca dei a mínima... Gosto do charme, do pessoal, do inventivo, do transgressor...

A PERSONAGEM DÉBORA (PRÉ-ADOLESCENTE) VIVE DIFERENTES MOMENTOS EM QUE A DESCOBERTA SEXUAL ESTÁ EM PAUTA. QUAL A SUA OPINIÃO SOBRE A SEXUALIDADE NA ADOLESCÊNCIA E DE QUE FORMA O TEMA PODE SER ABORDADO NA ESCOLA?

• Não criando grandes momentos..., tratando com pompa e circunstância. Colocando num patamar inexistente na vida real. Simplesmente, proseando sobre o assunto quando aflora; respondendo quando as perguntas acontecem; ampliando as leituras, os vídeos etc., em que os personagens não sejam escoteiros, nem morem em grutas isoladas... mas jovens antenados com outros jovens e com o mundo em sua volta...

O AFLORAMENTO DA SEXUALIDADE É TÍPICO DA ETAPA ADOLESCENTE. DE QUE MANEIRA VOCÊ RELACIONA ESSA FASE DE DESCOBERTAS COM OS ALTOS NÍVEIS DE GRAVIDEZ ENTRE ADOLESCENTES NO PAÍS?

• Uai!!! Pura questão matemática. Início das relações, aumento da gravidez... se ou quando faltaram informações sobre como evitar a chegada de filhos. Trabalho ininterrupto, pois novos adolescentes explodindo curiosidade e ímpeto sexual, tesão e necessidade de afirmação surgem em intervalos mínimos: explicar sobre tabelas, vários tipos de pílulas anticoncepcionais, diafragma, camisinha de uso obrigatório etc. como aliados (não inimigos) do prazer!!!!!

DE MANEIRA BASTANTE SENSÍVEL, TANTO MALU (A MÃE) QUANTO DÉBORA (A FILHA) DEMONSTRAM CADA UMA SUA VISÃO DOS ACONTECIMENTOS VIVIDOS. VOCÊ ACREDITA QUE O CHAMADO "CONFLITO DE GERAÇÕES" AINDA É PRESENTE NAS FAMÍLIAS?

• Claro! Não acredito, apenas. Vejo, sou testemunha, acompanho. Palpito, quando chamada... aquieto e observo, quando pedido.
Mais, acredito que nas relações entre pessoas sempre existe conflito. O que é saudável! E é da condição humana.

ADOLESCÊNCIA É UM DOS PERÍODOS MAIS DIFÍCEIS E INSTIGANTES DO DESENVOLVIMENTO HUMANO. POR QUE, ENTÃO, NA ATUALIDADE A EXPRESSÃO "ABORRESCENTE" É CADA VEZ MAIS COMUM?

• Veja, desde que eu era adolescente... e lá se vão algumas décadas... e em todo o tempo em que trabalhei com jovens (num tempo nem tão remoto...), me cansei de ouvir considerações sobre adultos, do tipo: “Ele é sacal. Ela é uma chantagista. Ele é um baita dum controlador. Por favor, dá um *time*. Estou sufocada! Impossível respirar com estas companhias... duas horas com minha mãe é receber um atestado de loucura. Da brava!”.

Alguns adjetivos nunca foram substituídos. Perfeitos ficaram, apesar da mudança das modas. Outros, só foram atualizados como linguagem. Mais ou menos, significam aborrescentes. Os jovens, em todos os espaços geográficos, foram vanguarda nesta definição — do quanto os adultos no seu comportamento em relação a eles... eram limitantes e limitadores, além de tediosos e previsíveis... *Voilà*.